海幻

海うそ

NASHIKI KAHO

梨木香步

張秋明——譯

各界好評推薦

決定性的轉折往往不來自於一樁事件，而是看待事件的嶄新目光。梨木香步以實入虛的書寫技藝的深刻性並非刻劃那與一團渾沌相連的人怎麼透過可親近可觸摸的外部跡象將自己陌生而難以逼視的內在暗影辨識出來，而是她察覺草木、地勢、遺跡與人命運相應的生命邏輯，於是她筆下受困之人的困惑引他破除既有的感知與命名框架，獲得一種新的目光來理解生命的錯落和整全。

——吳俞萱（詩人）

開始閱讀就停不下來，熱切的想知道島嶼是真的還是幻影？想知道那些如臨現場的風景是真還是假？想知道主角心中的業到底是實還是虛？直到讀畢闔上書本，仍然意猶未盡。

——**李拓梓（國藝會副執行長）**

你想守護的是什麼，在這短暫又漫長的一生中？

《海幻》故事雖簡單到不可思議，卻讓人如同經歷一趟修練，或者應該說，讓人意識到此刻正在修練的這段獨一無二的人生。梨木香步的每個字有如輕柔的風吹拂人心，同時又擁有能在石頭上留下痕跡的力道。掩卷後，讓人不禁陷入沉思。

——**夏夏（詩人）**

這本小說包含所有我嚮往的意象：島、民俗宗教、溫泉，以及令人耽溺其中的神祕主義。我們跟著主角望向海面的蜃樓，最後才發現到蜃樓，是自己腳下的土地。

——**煮雪的人（詩人）**

梨木香步這部新小說，把她一貫隱忍幽微的書寫風格發揮到極致，她極其樸素以表面上的現實主義講著理應光怪陸離的魔幻故事。

——**廖偉棠（作家）**

目次 Contents

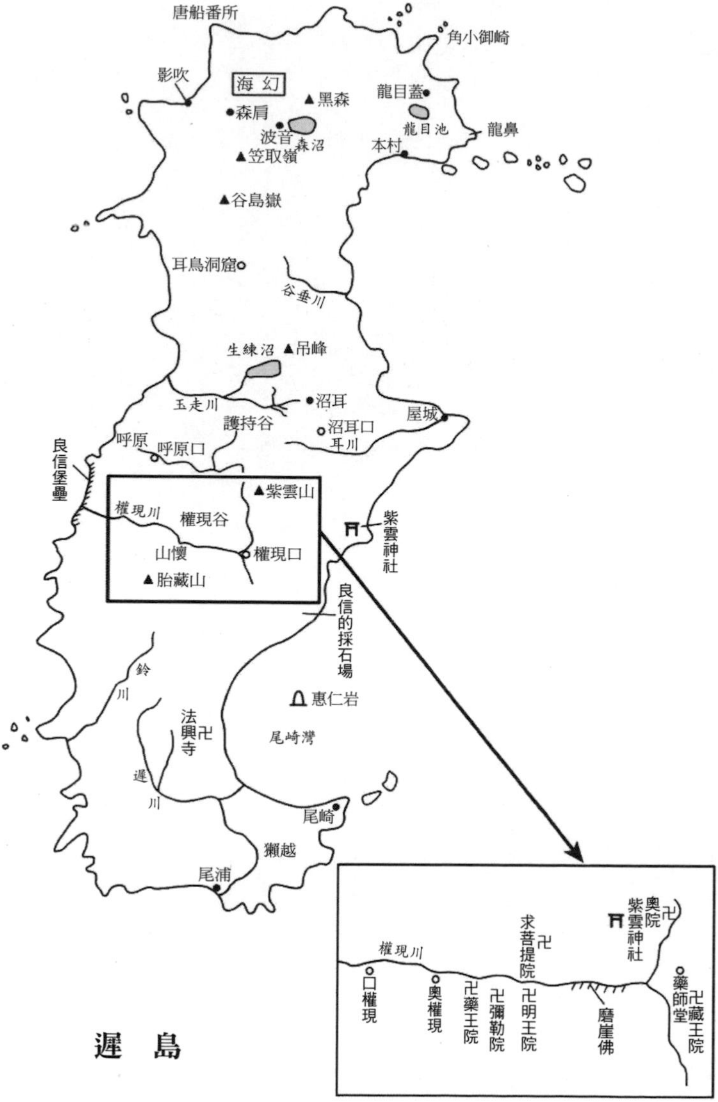
唐船番所
角小御崎
影吹
海幻
黑森
龍目蓋
森肩
波音
森沼
龍目池
龍鼻
本村
笠取嶺
谷島嶽
耳鳥洞窟
谷垂川
生練沼
吊峰
玉走川
沼耳
護持谷
屋城
沼耳口
耳川
呼原
呼原口
良信堡壘
紫雲山
權現川
權現谷
紫雲神社
山懷
權現口
胎藏山
良信的採石場
鈴川
惠仁岩
法興寺
尾崎灣
遲川
尾崎
獺越
尾浦
權現川
奧院
紫雲神社
求菩提院
口權現
奧權現
藥王院
彌勒院
明王院
磨崖佛
藥師堂
藏王院

遲島

龍目蓋——影吹

崖石榴／山羊　二樓房

陰曆十三的月亮從西山邊爬了上來。

月亮在幽靜深遠的寶藍色夜空中，照亮了山頭泛出光暈，對比出黑色稜線以下顯得尤其漆黑的區塊。白天猛烈的暑熱如謊言般銷聲匿跡，除了偶有夜鷺傳來恫嚇的淒厲叫聲外，周遭一片靜謐。

夜鷺又淒聲尖叫了，而且邊飛邊叫，應該是成群結隊朝夜晚的水邊飛來吧。我跟隨租屋處的老爺爺夫婦來到湖畔準備洗澡。老爺爺夫婦並沒有要下水，而是打算到湖對岸的溫泉浴池泡澡。這座湖雖然名為龍目池，實際上面積卻比池塘要稍微大一些。要我說的話，雖可界定它為湖，但仍不敢貿然以湖相稱，畢竟面積大小有點不上不下。

老爺爺動作熟練地拖出收放在岸邊茅屋裡的盆舟，老婆婆在一旁默默守候著。爬得更高的月光照亮了眼前的景象。盆舟的構造是將杉板直立排成圓形，周遭以竹篾圈好固定，就和木桶一樣。

湖的對岸湧出溫泉，那一帶到處設有溫泉浴室。老爺爺夫婦常去其中一間。說是對皮膚病很有效，很多本土罹患難治皮膚症狀的患者會專程前來，租一間可避開耳目的專用小屋進行長期療養。

「先生願意的話，這也坐得下三個人。要不要一起來呢？」坐在盆舟裡的老爺爺開口邀約，但我婉拒了。要是在偏僻深山的湖中翻船，只怕三人都沒得救了。我倒是無所謂，卻不好連累了兩老。因為我很清楚兩個人划那艘船不會有事。

「既然如此，那這樣吧，先生和爺爺一起去泡溫泉好了。」老婆婆也開口相勸，我還是推辭：「不了，我下水洗澡就好。」但我對划盆舟頗為好奇，沐浴之餘，在湖邊目送兩人離去。

寧靜的向晚時分。

我拿著手巾，褪去身上所有的衣物，走進湖裡。「那我們走了。」老婆婆笑著告別。老爺爺站著搖櫓。嘩啦嘩啦。平靜水聲激起的波紋愈往湖心蕩去拉得愈長，月光照耀其上。遙遠的對岸可見一、兩處燈火。我突然動念想游去對岸，卻又擔心引起不必要的關切；我踩著水保持身子不向下沉，茫然地看著老夫婦的身影遠去。老爺爺嫻熟地划著船，只見小船漸行漸遠。想來有許多颳風下雨等不適合夜間出船的日子，而洗溫泉的晚上對兩人必是值得高興的旅程。過了湖心之後，我的眼睛已然追不上兩人的身影。

後來我從湖中上岸，擰乾手巾擦拭身體。

隔日一早，黎明的公雞啼聲喧鬧，還跑來我房間外高歌，我不得已只好起床。可能聽到了我的動作聲響，老婆婆立刻從廚房探頭出來招呼「先去洗把臉吧」。

走到前院，拿水瓢從雨水桶中舀水洗臉。周遭多少還殘留些許晨靄。

這個小島名為遲島。

在大大小小的日本群島之中算是大的，屬於南方小島之一。緯度幾乎和南九州一致。由於黑潮的支流流經鄰近海域，島上低處的植被和西南諸島沒有兩樣。距離本土要比西南諸島近得多；站在面對本土的海岸時，只要天候不太惡劣都能望見陸地，往來也比較容易。面積雖大，人口卻不見成長，主要原因應該是鄰近沒有大都市，而且島上多山不便人們移居。整座島的地形往右傾斜，形狀就像凝視本土的海馬，背脊是南北連貫的山脈。海馬頭部恰好在眼睛的位置是湖；正下方到下巴處，也就是海灣北邊是島上最大的村落，稱為本村。從本村過來得走險峻的山路（但比起島的另一邊——海馬尾巴部分的斷崖絕壁，這山路也就不算什麼了）。整個本村建立在石頭補強過的地基，一層一層往上延伸。從海面上看，家家戶戶就像是排列在女兒節裝飾層架上的房舍一樣。從本村海拔最高的人家還得爬過一個山頭才能到達溫泉區。溫泉區的前方是湖，湖對岸是我目前租屋處所在的「龍目蓋[1]」一帶。來到這裡已是海馬額頭附近。此處明明坐落在深山裡，四周卻總是飄散著海水氣味。我想是不管離山或海都很近。

海邊現採的海藻煮的味噌湯，吃起來脆口彈牙，咀嚼間海味滿溢。

「看來今天也會很熱呀。」

1 海馬的日語為「龍的私生子」，故得此名，意思是「龍的眼瞼」。

斑透翅蟬惱人的鳴叫聲早已響個不停。

「就是說嘛。」

老婆婆叫阿采。阿采婆有著一張圓臉，臉上皺紋多到像是隨時可栽種芃芋的泥土地。從住家沿海邊方向的一小片梯田是他們家的，平常種些葉菜、芋類和瓜類等蔬菜。今天早上應該也是走到海邊採摘完海藻回來。

老爺爺叫嘉助，總是在和今天一樣的晴天一早前往沿岸捕魚。混在年輕漁夫之中，等待追捕成群的飛魚。

兩人育有二女一男，一個接著一個離家前往本土。兩個女兒都結婚了，各自育有兩個孩子。適逢暑假，大女兒的兩個孩子照例會來島上玩。都是男孩。

「你們肯定很期待吧。」

「話是沒錯，可是也很累人呀。」

阿采婆是從島中央的屋城村嫁過來的。那裡還有許多親戚，平常走路得花上半天的時間。倘若改搭船從海馬胸口往下巴前進，從本村上岸後走來這裡只需幾個小時。

島上最高山是紫雲山，標高一千兩百公尺。位在海馬腹部，南北有山峰相連。南方是胎藏山，北方有吊峰、谷島嶽、黑森等約八百公尺上下的連續山脈。由於太古時期地殼變動僅留下山脈頂端，其餘部分應該都沉入海底了。島上平地不多，人們在僅有的土地上建立家園。

「先生，基伊去哪？」

基伊並非人名，是今天的意思。

「我打算去影吹那一帶。」

影吹是位在海馬後腦杓的村落，面向外海，因為擁有島內較大的平地，儘管海路和本土稍有距離，仍發展成島上第二大村。但我的目的地不是村落，而是途中的山巔。我要去觀察那一帶受到季節風影響的植被。

我隸屬於文學院地理學系，利用大學暑假期間環島進行實地調查。所謂人文地理學，既要調查遺跡也要研究歷史，還要統計資料和觀察植被，有時還得蒐集民間傳說。算是一門萬事通的學問。

植物學者為了論文研究正式調查植被時，必須進行每隔一平方公尺就要檢視一次的繁瑣作業。我並非那領域的專家，只需要從植被得知氣候的大致特性即可，工作相對輕鬆許多。小島整年受到黑潮支流沖刷，下方長有蒲葵，隨著高度不同也可能出現山毛櫸，或是櫸樹和赤櫟的混生林，呈現出無節操可言的植被（其實也不是沒節操，而是介於較耐低溫的暖溫帶赤櫟林和冷溫帶櫸樹林過渡地帶的緣故）。

阿采婆提議「要去影吹的話，最好搭乘爺爺的小船」。聽我回答「去島上走走也是我的目的之一」時，她不禁露出憐憫的神情嘆了口氣。應該是預測到我即將面臨的辛苦吧。

出了龍目蓋的家門之後，先是一小段上坡路，爬到盡頭後從右手邊的樹林縫隙看得見海水。

然後沿著海岸繼續往前走，途中路面愈來愈窄，兩側的金剛藤、蘆葦等植物慢慢逼近小路。斜坡上綠葉叢間，在陽光照射下亮白刺眼的山茶花樹結出渾圓的果實。我心想要是像核桃那樣可以吃豈不妙哉。仔細端詳右手邊的草木，欣賞濱柃木生猛有勁的林相。

不久後一大片海洋出現眼前。海面風平浪靜，海水和天空的界線因水氣氤氳變得不易分辨。我凝視這片景致之際，或許是天氣炎熱，意識恍惚了起來，心思飄向遠方。頭頂上方，遠遠傳來老鷹尖銳的鳴叫聲。我停下腳步、脫去草帽，拿手巾擦去額上的汗水。

周遊國外的船隻行走在海平線附近。

一朵朵的白色積雨雲彷彿蕈菇般湧現。

忽然間一股難以言喻的愁緒襲來，莫非是南國過剩的紫外線影響所致？

我坐下來飲用水壺裡的水，一邊眺望山的斜面。滿心期待要是能看見昨天的羚羊就好了。沒錯，昨天羚羊出現了。

就在我訝異野生山羊竟比野狗多，結束本村民家的調查踏上回程山路時遇見的。起初以為是離群的山羊，但我錯了。那是隻羚羊。理應膽小的羚羊竟動也不動地看著我。可能是因為牠站在崖壁上，許多由下往上生長的楮木和冬青樹叢遮住了牠大半身影，所以才卸下心防。

這一帶應該是羚羊棲息地的最南限。過去我就知道島上有羚羊，若以標高區分，小島高處棲息著羚羊，低處則常見山羊。山羊是相對晚期才被帶進島上，繁殖力旺盛，斷崖到平地都能生息，也和住民的分布多有重疊。聽說颳強風的日子還會躲進民家盤據椅墊而坐。山羊天性不怕人、臉皮極厚，而且愈生愈多。逼得羚羊只好往高地遷移。

然而，昨天的羚羊究竟是為了什麼理由越界來到下方？這要話說從頭，何以島上沒有鹿卻有羚羊呢？考慮到羚羊是日本的原生種，以此島作為棲息地南限而言，可說是極富意義的現象。畢竟在南九州一帶幾乎已看不到羚羊的蹤跡。

島下方面對大海的民家為了躲避強勁海風，會將房子蓋在石頭圍牆後面，盡量壓低屋簷。海岸旁的向陽山丘長有醒目的棕櫚樹，許多民家會在屋頂覆上棕櫚樹葉。扇形巨葉的尖端枯乾萎縮成串後垂墜半空，醞釀出南國特有的風情。當然島上也有民家是本土常見的葦草屋頂，或是杉板屋頂上壓著石頭。該島的民家造型因地域不同而有顯著的差別，不禁讓人聯想到居住其中的人們是否也互有排外情結？根據我得到的資訊，居民之間的確往來不頻繁；各村落不僅用語略異，連習俗也不相同。同在一座島上，平面距離相去不遠，差異卻如此之大，著實讓人驚訝。不過與其說是排外的敵對意識，似乎只是山路險峻交通不便使然。再加上高地與低地的氣候明顯不同，對於感同身受的島民來說，什麼地方該有什麼樣的民宅造型，乃是基於相互理解的默契。

比如西南諸島習慣在主屋不遠處另蓋屋舍作為廚房，此風俗可溯源於玻里尼西亞群島，輾轉流傳到南九州本土，則殘存成兩棟房子相連的形式，即「雙屋」構造。室內同一戶人家可自由往來，外觀實在沒有必要刻意分成兩戶。明明只需蓋成一棟大宅，卻仍堅持讓兩棟各有屋頂的房屋連在一起。不過若得知這來自南方文化的遺風，便不難理解此一不可思議的現象。島上可以同時看到兩種形式的民宅。

小憩到此為止。

繼續默默上路。上坡路逐漸往內陸延伸，旋即進入微暗的森林中。

初來乍到時總覺得這座島像個盆栽。倒不是覺得過於人工，而是充滿了爆發的生命力。以盆栽相擬，無論樹木、道路還是動物，所有景物小巧精緻地凝縮在一起，充滿濃鬱之感。

山茶花、楮木類、鐵釘樹、灰木……不久來到蓊鬱的常綠闊葉林。一一經過厚皮香、蚊母樹、錐栗等樹林便豁然開朗，但已然看不到海洋。左手邊的山谷裡長有茂密的筆筒樹林，高約七、八公尺。眼前彷彿是一片遠古時代的森林。

其後道路變得蜿蜒曲折，陡坡起伏不定，明明是不到五十公尺的直線距離，卻像走了十倍的長路。白色雲斑蝶優雅地舞動翅膀消失在昏暗的林間，黑林鴿牛哞般的鳴聲響徹山澗。儘管精神上相當徜徉於大自然，腳步卻異常沉重，被汗水濡溼的衣服也重重壓在身上，無奈得繼續拖著疲憊的身軀移步前行。

長有烏岡櫟的緩坡往內陸方向延伸而去。我邊擦汗邊抬起頭，看到盡頭遠方，不禁大吃一驚。那裡有一棟洋房。

我啞然心想莫非看走眼了？但眼前確實是一棟洋房，殖民地風格的木造洋房，四周環繞石牆。倘若只看房屋主體，儼然是本土的小康人家。然而周遭蓊鬱茂密的樹林讓我回過神來。

再怎麼想都覺得這裡不太可能蓋起房子，究竟是怎麼一回事？難道是靠通往影吹港的狹隘山路運送建材之類的物資嗎？

驚訝之餘，恰好來到岔路口，我選擇了應該是通往洋房的小路。

環繞洋房的凝灰岩石牆雖然不高，依舊予人森嚴感。石牆上攀附著深綠色的岩石榴，換作西方就該是爬滿長春藤的紅磚牆吧。但這樣的島上沒有紅磚只有凝灰岩，不是長春藤而是岩石榴。

洋房是木造的，窗框漆成白色。只看得到二樓窗戶，其中幾扇開啟著，窗簾隨風搖曳，感覺屋裡應有人在。門扉緊閉，門鈴嵌在門柱上。我猶豫著是否該按門鈴，問題是叫人出來要做什麼呢？總不能劈頭就問「住在如此遠離人群的偏僻山中，請問閣下來歷為何」，我可沒有那般視人為狐狸妖怪的豪邁膽識。

我站在門柱前躊躇不決，還是找不出理由按鈴。畢竟既非迷路也非遇難，只因對別人家房子感興趣就硬要住戶說明，簡直可說是擾人清幽，未免太過失禮。

於是我慎重其事地在記事本寫下「岩石榴」三字。

打算回去後向老爺爺夫婦問個明白。

從那裡前往影吹只要走下山坡就到了。一路上參觀民宅、畫圖記錄，踏上歸途已是月上東山時分。迫不得已留宿在村落的駐在所。就是擔心會有此事發生，早已請公家單位知會駐在所一聲：此人來島上從事調查研究，並非可疑人士。

「嗄？洋房？」

要讓阿采婆聽懂「洋房」兩字著實花了不少工夫。阿采婆一向將那棟房子喚作「二樓房」。

「先生說的是森肩的二樓房吧。」

森肩是洋房所在的區域。因為從影吹後山往上爬，那一帶正是名副其實的「森林」地帶，所以才會有森方、森肩這類地名。話又說回來，這時我才恍然大悟不該以為（實在太粗心了）島上的房屋都是平房。那棟房子的主要特色就是蓋成兩層樓房。

根據阿采婆的說法，「二樓房」是該島出身、移居本土的有錢人家為了休養生息所建。原本是避暑之用，幾年前屋主退休後便在此常住。

既然是常住，就必須準備每日吃食，得有調度食材的來源才行。老婆婆對於這提問給了以下的答案：除非天候不佳，否則每天都有往返本土城鎮的當地漁夫幫忙採買運送，也有來自影吹的婦女前往處理家務瑣事。

「好像姓山根。」

不曉得山根是幫傭老婦的姓氏還是屋主姓氏，但有了姓氏也讓洋房的存在多了一份真實感。

「假如先生想和山根先生聊聊，我可以和阿捨嬸說一聲。」

看來山根先生是屋主，阿捨嬸是每日通勤的幫傭。

「我們洗溫泉時常會遇到阿捨。」

大老遠從影吹過去嗎？我不禁大吃一驚。如今我總算也知道了村落間的陸路移動有多麼辛苦。聽說阿捨嬸偶爾會搭屋主的船到本村後再前往溫泉。阿采婆說洗溫泉是阿捨嬸唯一的日常樂趣。

「那我就幫先生說一聲嘍。」

「真是太好了。」

「山根先生住在這種地方，每天也悶得慌，能和先生說說話，想必心情會輕鬆些。」

但願如此。

今年初始，研究室的主任教授便過世了。整理研究室時發現未發表的調查報告，那是教授就學時期獨自進行的調查。調查項目中缺少植被與民宅形式；他只調查了全島的地名、部分寺廟遺跡等。看來調查尚未完成。

我利用暑假來此小島，並非只是基於好意來完成教授未竟的工作，而是翻閱報告時逐漸受到島上風情吸引。年號改為昭和（一九二六年）之後，再過幾年就要進入第十個年頭。人世多變，總不能讓小島的記載始終停留在當時吧。

這是古代修驗道[2]為了修行而開基的小島，直到明治初年島上還有大型寺院存在。以權現信仰[3]為主要教義，從開基以來歷經數百年，鼎盛時期僧坊

2 日本自古相傳的山岳佛教信仰宗派，修行者稱作修驗者或山伏。

3 佛教從中國傳入日本之後，與日本神道教思想融合形成權現信仰，認為佛菩薩得以日本神的形貌出現。

將近二十所，一時間還被譽為西方的高野山[4]。寺院名為紫雲山法興寺。到了江戶末期，形勢大不如前，但仍有七間中世以來的寺院健在。海馬尾巴尖端蜷曲的海角地帶，大多為該寺院的所有地。

西國島嶼名勝圖繪中留有聳立於萬頃碧波的斷崖絕壁上，散落蓊鬱茂林中隱隱可見的伽藍、寶塔和紅瓦屋頂的佛寺圖畫。畫中註記著矗立在海角前端，建於江戶時代中期的五輪塔，一如燈塔成為海上往來船隻的指引。那些遺跡如今雖已湮沒在叢林中，但（根據調查報告指出）人們仍不時於山中各處尋得其蹤跡。遺跡不僅散布叢林之中，也出現在地名裡。我雖然沒去過寺院所在的海馬尾巴一帶，但從調查報告裡的護持谷、權現川、胎藏山、藥師堂等地名來看，不難想見應是重巒疊嶂的荒郊野外。閱讀之際，腦海中暗暗湧現期待，但願能迎風佇立在那些地名的景致之中；想身處於經歷過某種決定性過程的靜默光景之中。如此一來，也許多少能夠領會人類的汲汲營生和時間的本質。

我前年才失去了未婚妻，去年父母亦相繼離世。

4 位於和歌山縣，弘法大師空海在此建立金剛峰寺成為真言宗總本山，山中寺廟多達一百餘所。

龍目蓋——角小御崎

雀榕／日本海驢　物耳師

隔天下起了雨。

夏日庭院裡原本氣宇軒昂的植物彷彿失去了附身靈，柔順認分地承受著天賜的雨滴。無法出門打算讀書，但因屋內過於陰暗，雖說是白天也要點燈才行。落在葉上的一滴滴雨粒，打得葉片晃動不止，庭院中的植物也出現奇妙的搖擺。留意起這些變化，瞬間感覺自己急遽縮小，頓生世界正劇烈搖晃的錯覺。萬物被雨水打得東搖西晃，身子也隨著晃動起來。似乎能體會植物的心情。

阿采婆忙著縫補堆積的衣物，嘉助爺說要整理漁網而前往海邊小屋。阿采婆邊縫補衣物邊搖晃身體。我躺著休息，身體也隨之搖擺。

一早便下個不停的雨勢絲毫不見轉小，反而愈來愈強，終成傾盆大雨。如此極端的海洋性氣候，不禁令人感到不安。

雨下得如此猛烈，不會有事嗎？

懷抱著不安，開口喚了一聲阿采婆。她沒有回應。因為被雨聲遮蔽，她沒有聽見。我起身呼喚阿采婆，並瞄了一下隔壁房間。只見阿采婆毫不在意外頭的雨勢，專心忙著手上的針線活。等我走近後，她才似乎察覺我的身影而緩緩抬頭。表情和嘴型都透出「哎呀，原來是先生呀」的訊息。我手指著外面，以嘴型示意「好大的雨呀」。阿采婆「啊」了一聲，彷彿這才注意到雨勢看向外面。隨即露出令人安心的笑臉回頭看著我。像是要安慰我「這樣的雨勢不算什麼，別擔心」。如此交流之際，雨勢也趨緩了，總算能聽見彼此的說話聲。

「哎呀，好大的雨呀！」

「一向如此，沒什麼好大驚小怪的。」

我問：「嘉助爺不會有事吧？」「怎麼可能有事。」她回答：「只要花點工夫等待，雨勢肯定會過去的。」

「一向如此嗎？」

「一向如此。打從我出生以來就是如此。」

「也就是說已經好幾百年，不對，應該更久遠以來都是如此吧。」

我半開玩笑地說，阿采婆卻一副理所當然地回應：「就是說嘛。還好這附近風很大，森肩二樓房那一帶呀，要是起了unki可就麻煩了。」

所謂unki，就像所有對應的漢字：溫氣、倦氣、熟氣、蘊氣，應是這座島上常綠闊葉林帶特有的溼度與高溫交織而成的現象。人們生活中討厭

「unki」、避開「unki」，也畏懼「unki」。我不覺想到，有時像這般暴雨來襲，或許是為了維持某種平衡而必然發生的。對了，不如趁此機會蒐集一些和下雨有關的古老傳說和風俗習慣。

「島上有沒有關於下雨的傳說呢？」

阿采婆停下手上的針線活望著我。應該不是對我不耐煩，而是正試圖從腦袋中找答案。

「說的也是。既然先生想聽，那就說個雨天小孩的故事吧。」

「極好極好。」我探出身子回應。

「從前從前，像這樣下雨的日子，經常會有來自大海的雨天小孩出現，排成一排站在邊廊外面嚎啕大哭。」

「雨天小孩是什麼？」

我問話的同時，也一邊斜睨著找尋方便記錄的紙張和鉛筆。

「就是海上起風暴時遇難的漁家小孩。像這樣的下雨天，他們比較容易上岸。」

我在隨手取來的記事本上寫下「雨天小孩」，並接著問：

「祂們要做什麼呢？一整排站在邊廊外面……」

「其實只要雨一停就會散去，倒也還好……」

雨天小孩會進入尋常人家裡。至於為何會進入該戶人家，一說是有緣。有的緣分較深，例如親戚，或是可追溯到好幾代以前的先祖等；有的緣分較淺，只因彼此曾經擦身而過。

「如果雨天小孩進來家裡，就得聽祂說話才行。」

「怎麼有辦法聽見死人說的話呢？」

「以前有聽得見的人呀。」

阿采婆說話的語氣帶著我前所未見的冷漠。

「不過雨天小孩已經不再出現了。」

「怎麼說？」

「因為就算出現也沒人聽得見祂們說話呀……」

阿采婆的故事前後矛盾，讓人摸不著頭緒。偏偏當時就算想問清楚也不得其法。

到了下午，雨勢才停。雨雲飄向遙遠的東方，海面也暫時恢復平靜。我決定到下面的海邊出船。要去下面的海邊必須經過阿采婆的菜園。

阿采婆的一方小菜園種有茄子、胡瓜、苦瓜、南瓜、大豆、玉蜀黍等蔬菜，還有百日草和雞冠花等花花草草。周遭圍著防山羊闖入的低矮石牆；靠海的那一側是層層向下延伸的梯型斜坡，每一層的高度都不一樣。每一層磨損的路面散落著羊糞。迂迴蜿蜒地往下走，路況可不只是九拐十八彎而已，更有頑強的爬藤植物覆蓋路面，甚至從兩側竄出阻礙通行。不過撥開它們繼續往下走，就會來到岩塊堆疊的小沙灘。沙灘位在海馬形小島頂端的小海角上頭；顧名思義，海角名為角小御崎，在此形成一道海灣。一艘破舊的小船被拖上岸。原本是住在海灣附近的老婆婆抓鮑魚、海膽用的小船，但她們已高齡過世了。阿采婆也苦於腰痛無法潛水，小船乏人問津，任憑風吹日曬恐將受損，所以她交代我盡量借去划無妨，當時回應「下次有機會到那附近調查海邊植被時會借用」，直到今日總算成行。臨出門前，阿采婆還叮囑了划船的注意事項。

「雖是小船，也有船靈大人存在。上去的時候一定要好好向船靈大人拜託一聲才行。」

「船靈大人嗎？」

我趕緊寫在記事本上。

「沒錯。島上的每一條船都有船靈大人。造船木匠得裝上船靈大人後，工程才算完成。」

「裝在船的哪裡？」

要是有神龕就好了，問題是小船上應該沒有那種東西吧。

「那可就沒人知道了。」

「嗄？」

「因為不可以知道。反正就是在船上某個地方。」

「會是寫在紙上之類的東西嗎？」

「不一定，有時是女孩的頭髮，也可能是梳子或牙齒，什麼都有可能。」

行李放上船後，我將船身拉進水裡，然後對著存在於船上某處的「船靈大人」合十祈禱。

跳上船站直身體，雙手抓住一支長竿當櫓，使勁抵住海底向前划動。沙子在清澈透明的海水洗過之後，一粒粒晶瑩剔透閃閃發光。海水愈往海上流動，顏色從淺綠轉為深藍，彷彿踩著藍色的階梯一路漸層至水平線為止。

根浦彼方[1]。

一恍神，不知不覺間船已漂至海面上。

頓時閉上眼睛，使出渾身之力將船頭轉往陸地方向。

1 根浦彼方（nirai kanai）為沖繩、奄美群島的民間信仰，認為樂土位在遙遠海洋的另一邊。

海岸線的植被一覽無遺。遠遠可見杪欏混在枝繁葉茂的烏岡櫟闊葉樹林中。看見巨大的羊齒葉呈放射狀，在杪欏細長枝幹上開展出的奇形怪狀，總予人置身太古時代的錯覺。

還有雀榕。

大部分植物播種於大地，確保足夠的水分和適度日照就能生根發芽；雀榕卻總是著床於高處初始其「生命」。無論是已經長成大樹的枝幹岔口或岩壁上都好，只要鳥兒幫忙運送種子，就算終生待在高處也無怨無悔。從所在處萌發長長的根芽，如章魚般一根根竄入地面；一部分暴露於空氣中的稱為氣根。假使被雀榕當作踏腳石的媒介是生物（通常指樹木），長年累月下來，該種生物將被完全覆蓋無法呼吸而死。所以雀榕又被喚作「絞殺榕」。鳥將含有其種子的糞便落在樹上時，等於做出了雀榕「假以時日將殺死你」的宣告。

不過雀榕和斛寄生等寄生植物不同之處在於，它不會從宿主身上吸取養分，完全只是當作踏腳石攀附其上而已，所需養分則是透過連結地面的氣根，自大地吸取而來。看到附著於崖上巨石的雀榕伸出數條氣根，如護住巨石的網子使其穩固不動如山的模樣，不禁讚嘆倒也發揮了不錯的防災功能。

至於雀榕何以喜於「高處」開展其「生命」呢？在陰暗的闊葉樹林、亞熱帶林中，想要著床於地面等待生根發芽的機率幾乎是零。畢竟發芽無論如何需要陽光，於是雀榕選擇了絕對能獲得日照處作為「誕生地」。可說是劃時代的戰略。

那些稱為雀榕大樹、巨樹、老樹的樹木，宿主早已將那些「踏腳石」絞殺殆盡且形銷骨毀，只剩下攀附踏腳石周遭的氣根集合體，如盤根錯節的脈管形成「樹幹」的外觀，繼續生生不息。

只要將船划進海灣，就能從突出海面的低矮崖壁上看到雀榕的樹根深深纏勒住岩石表面，努力守護岩石不受浪潮的引誘而落海。

霎時，我想到所謂國家乃指人建立的社會，兩者豈非有異曲同工之妙？先是立下攀附於某物之上並加以保護的法令，在民間還有各種默契規則盤根錯節，所攀附之物日益壯大，一回神來卻發現原來宿主早已奄奄一息，附著之物則繼續成長茁壯，始終保持欣欣向榮的外觀。顧名思義是殭屍化，或許也是命運使然。不過宿主就算奄奄一息，姑且還能苟延殘喘。

角小御崎的另一側海灣上岩礁遍布，據說成群的日本海驢棲息於岩礁上。我問：「是否只見於生產季節或冬日呢？」阿采婆回應：「一年到頭都有。都是些不怕生的可愛傢伙，有時隨漁船一起游水，還會露出牙齦對著人大笑。我倒是還沒見過。」嘉助爺也表示真有其事。

阿采婆振振有詞說著另一邊的海灣裡有河童（但我還沒親眼目睹過），顯然還算對豐富的動物生態引以為傲。

越過角小御崎。岩礁上不見日本海鸕棲息，此時可能外出覓食了吧。

角小御崎的前端也是岩礁，上面長著黑松和蒲葵樹叢，呈現奇妙的協調感。樹叢裡隱約可見人為破壞的廢墟，不像自然腐朽，應該是刻意毀損的結果。

我心想待會兒要確認一下前方是否有相通的陸路。

下了船，我離開前試著探訪相連的道路，怎知完全沒有可通行的陸路。當然若硬是撥開樹叢、忍受蛇蟲威脅，或許終究走得到，可惜我對那一無所知的廢墟缺乏深入探究的熱情。

「角小御崎尖端的那個呀……」

那天晚餐我問起廢墟的事，只見阿采婆含糊其詞不肯多說，倒是嘉助爺毫無顧忌地直言：

「那裡住著物耳師呀。」

「物耳師？」

聽到我反問，阿采婆才慢條斯理地回應：

「都是很久以前的事了。可是我小時候的事呀。」

「物耳師是什麼樣的人？」

「他們會幫人看病、尋找失物、傳達亡者的口訊。」

應該相當於西南群島的靈媒（yuta）、巫女（noro）吧。但教授的紀錄中並沒有提到這一點。這是個因修驗道聞名的小島，沒想到居然還存在別種信仰型態。我略感興奮之餘，憶起了早上提到的雨天小孩。

「該不會聽得見雨天小孩說話的，就是那些物耳師？」

「是呀。」

「如今那些人依然健在嗎？」

這一次嘉助爺和阿采婆都先不作聲，隔了一陣子才回答：

「不，他們不在了。沒有人在了。那都是以前的事。」

像是害怕我會做出「那種人的存在就是民智未開的證明」的結論，於是我趕緊回應：

「不，我的意思是那顯示出人類精神層面的豐富性。」

一不留神竟說出了平常和兩位老人家聊天時不會用上的抽象詞彙。經過一小段尷尬的沉默之後，阿采婆指著我的碗問：

「先生，要不要添飯呢？」

龍目蓋——森肩

珊瑚樹／青斑鳳蝶　灘風

我很意外島上曾經存在那樣的民俗宗教。在一個修驗道小島，而且是延續數百年且組織化發展的修驗道小島。瞬間顛覆了我腦海中原有的印象。

明治初年，正當廢佛毀釋[1]風暴席捲全國，站在風尖浪頭上指揮廢佛運動的正是過去該島所屬藩國的武士們。值此當權者轄下區域，就算是擁有超過五百年歷史的寺廟，不對，應該說正因其歷史悠久，為了做給全國看，乃展開全盤性的破壞（當時我是這麼想的，事後才知另有原因）。

我曾目睹就讀的小學校舍拆除的過程。

1　一八六八年，明治政府強力鼓吹神道，強調天皇統治的合理性而進行打壓佛教的運動。

看著過去每天通學、打掃的地方，師長教導要敬愛的課桌及講臺，甚至是校長室的牆壁，在工人的雙手下一一破壞殆盡，還記得當時感覺內心深處的某些事物也隨之崩毀了。之後，我偕研究室伙伴前往調查的村莊發生水災，看到一名男人眼見洪水沖走家園嚎啕大哭的景象，想起了校舍拆除的那一幕；我想那男人可能也感到自我存在的根基，宛如遭受暴力般連根刨起。

寺廟之人無法想像所有佛像、廟宇都難逃厄運。包含自身信仰、據以立身的根基、精神上的食糧、榮譽和生活，一切在轉瞬間遭到否定並摧毀。照理說挺身抵抗理所當然。且不說國外的實例，只需看看島原之亂[2]、一向一揆[3]等歷史事件，足見人民願意為了信仰而拿起武器上街頭。

然而寺方是否就不做任何抵抗，默默看著眼前窮凶惡極的暴虐行徑？人民的心靈依託本不應慘受如此踐踏，難道不該拿起武器挺身對抗？我想知道他們於此的內心糾葛。這並非基於閒暇的好奇，而是有一種被強行拖入無底洞中的失落感，自己的內心對此沒來由的、不停的共振著，以及一抹緊緊糾纏教人難以喘息的不安，迫使我想找出答案。我真的很想知道。

幾天後，我在阿采婆的安排下，前往造訪森肩的山根宅。

或許是阿采婆已先知會我將造訪的時刻，抵達時崖石榴纏繞的門扉大開。才一腳踏進庭院，裡頭已飄出香氣，是我好久沒能喝到的咖啡香氣。陶然想著「沒想到在這島上也有……」同時環顧四周。庭院裡，種植多年的蘇鐵枝繁葉茂。敲了敲玄關大門，門內傳來應答聲，大門從內側拉開。

「請進。」

一名比我年長、長相介於書生和執事之間的男人，露出安詳的微笑站在眼

2 一六三七～三八年，爆發於江戶初期的人民起義，內亂成因是高壓政治、重稅與天主教受迫害等。

3 日本戰國時期，淨土一向宗門徒發起的一揆（人民起義）運動總稱。

前。屋內是全木頭牆面的歐洲鄉村風格，走廊上掛著幻想風格的油畫。那書生在走廊上往右轉，輕輕敲了敲西側房間的門，確認得到回覆後才打開門對著房內說：

「客人到了。」

然後轉向我點頭示意可以入內。

房間比想像中要明亮許多，窗戶也開得較大。由於是逆光，想來是山根先生的男人從椅子上起身，面帶微笑點頭歡迎我的到來。老人的身形略顯高瘦，卻給人身強體健的印象，一頭白髮和白色鬍鬚，儼然是畫中仙人的模樣。

「請坐在這裡。」

對方開口招呼，一時間我竟忘了該如何應對。

「今日特來叨擾。」

我一邊低頭致歉，坐進了指定的椅子。

「阿捨嬸又從溫泉澡堂給我帶來有趣的話題了。」

山根先生也坐進椅子，神情顯得十分愉悅。

「日前經過府上門前，對這裡的西式外觀留下深刻的印象，回去向借宿的婆婆提起此事，稱是和在府上服務的阿捨嬸認識……」

「聽說先生來自K大學。」

「是的。」

「約莫幾十年前，好像也有K大學的學者來到島上。」

真是不可思議。聽山根先生這麼一說，頓時感覺彼此的距離拉近了。

「我想那人應該是佐伯教授。當時你們見過面嗎？」

「沒有。我年輕時常搭乘國外航線的郵輪出遊，偶爾回日本時，才聽家父提起。方才想起有這麼一回事。」

「國外航線嗎?真是少見。」

「過去很長一段時間看著大海,剩下的人生反而想在山中度過,又想,若同時還能看到一點海或許也不錯。猶疑不定之際,想起了這裡的房子。這棟房子是家父手頭寬裕時蓋的,有我學生時代在此避暑的回憶。」

「原來如此。」

敲門聲再度響起,方才的書生送來咖啡站在門口。他雙手捧著餐盤,幫他開門的是一名中年婦人。婦人看著我微笑致意。我猜她就是阿捨嬸,立刻要起身答謝,對方連忙伸手制止:

「先生坐著就好。請記得幫我向阿采婆問聲好。」

說完後不待我回應便退了出去。我只能重新坐好。

「她就是阿捨嬸。這是岩本。其實我原本想獨居,偏偏來了沒多久就不良於行,正好岩本下船找工作,於是請他暫時幫忙一陣子。不過阿捨嬸今天怎麼會過來呢？」

岩本微微點頭致意。

「阿捨嬸今天來幫忙驅除椿象。」

椿象呀，我用力點頭：

「的確很多，經常看得到。」

「因為今年收成特別好。」

山根先生的神情似乎並不覺得困擾。

「您的腳不太方便嗎？」

「是呀。」山根先生指著身旁的枴杖說：

「剛來時還沒那麼嚴重，一住下後馬上就不行了。也讓本土巡診的醫生看過，就是不見好。」

「原來如此，但願不會造成太大的不便。」

「爬山是沒辦法的，日常生活上倒沒什麼困難。平常也能向本土訂購書籍，雖然得花些時日等但總能寄達。要是腳沒出問題，真想在島上四處走走。眼下就是『禁足』的狀態呀。阿捨嬸說是吹了灘風的緣故。您聽過灘風嗎？」

「沒有。」

我心想沒聽過這種風。

「似乎是淹死在海中的亡靈作祟而起的風。灘風分為黑灘風和白灘風。危害不大的是白灘風，明顯有害人惡意的是黑灘風。」

「這樣啊。」

「我曾問是否有帶來好事的灘風呢，得到的回應是：那就不叫灘風了。」

「說的也是。山根先生覺得自己真是被灘風吹到了嗎？」

山根先生似乎覺得有趣：

「不是吧。倒是經常有風吹來，至於那種嚇人的怪風，我這個人一向遲鈍，沒什麼感覺。但我很高興還存在灘風作祟的說法，如此一來，腳不方便這事似乎也不用太過悲觀。」

「這麼說來，日前我聽到了雨天小孩的傳說。」

「是嗎！」

山根先生的語調因興奮而變得高亢。

「我也聽過那個傳說。」

「淹死在海裡的亡靈和雨天小孩有何不同呢？」

「化為灘風的亡靈和雨天小孩的亡靈，有什麼根本上的差異嗎……？」

還以為獨居深山的人多半較孤僻，未料山根先生十分健談，是個喜歡與人往來的老太爺。接著他好似放棄追究亡靈間的差異，猛然想起什麼事般問我：

「聽說先生借宿在龍目蓋？」

「沒錯。」

「這麼問有些僭越，但先生為何住那兒呢？那地方可不怎麼方便。」

「是這樣的。起初想將島上徹頭徹尾訪查一遍，於是拜託公所的人以那一帶為主幫忙介紹住宿，隨後再另尋住處。沒想到住得還算舒適也就懶得……」

「原來是這麼回事。既然如此，我家比龍目蓋更靠近中央地帶，很適合作為您下一個住宿地。願意的話，請千萬別客氣過來住。我生活中少有客人來訪，很高興能和岩本與阿捨嬸以外的人說說話。」

這對我而言可真是求之不得。從龍目蓋走到寺廟遺跡，也就是海馬尾巴的位置，得花上一天以上的工夫。假使想仔細調查那一帶，勢必得換住處才行。原想可能得借宿在森林工的山上小屋或燒炭小屋，甚至做了露宿野外的心理準備。如今山根先生答應借宿，眼看上山之路變得輕鬆許多。

「反正這事不急於今明兩天決定，不久的將來勢必有我借住的時候。十分感謝您的提議。」

「這對彼此都有好處，太好了。」

山根先生開懷大笑。

趁天色未晚，告別了山根先生。真是一見如故，充滿海上男兒特有的體貼和奇妙魅力的老紳士。正慶幸自己居然能認識如此良善之人，一邊急著踏上歸途時，眼前倏忽飛過兩隻嬉鬧的青斑鳳蝶；不久後又有青線鳳蝶、紋黃蝶循同樣路線飛過。我受蝴蝶吸引，跟隨牠們的方向而去。擔心迷路便將掉落樹下的枯枝立靠在樹旁作為標示。

一路跟隨、一路做記號，最後來到一棵珊瑚樹前。無數小花結成的花球開了一樹。蝴蝶都是受到這棵樹吸引翩翩飛來。

不曉得有幾隻蝴蝶呢？種類不同的蝴蝶忽上忽下，如夢似幻般成群飛舞。

我望著眼前的光景出了神，只見珊瑚樹的花球如街燈般泛起白色光暈。

回過神來才發覺起霧了。霧氣從周邊上來後，不久，肯定會漫出深山的氣味。

龍目蓋——波音——森肩

睡菜／羚羊　鉤家

「今天打算從黑森走到波音。」

用過早飯後，我看著佐伯教授的地圖宣布。

「所以要上山嘍。」

忙著收拾碗筷的阿采婆顯得很高興。想來年輕人肯積極活動，對她來說就是值得高興的事。從地圖上大致判斷，黑森的標高約八百公尺，因此前往波音，對住在地勢相對低處的阿采婆而言等於是「上山」。

「山上也住人嗎？」

「有啊。」

「生活很不方便吧？」

「是不方便。但從以前就住那兒了，也是沒辦法的事呀。」

阿采婆表情豐富，言下之意彷彿說其實也犯不著太同情。

「話又說回來，明明是在山上，怎麼會取波音這樣的地名呢？」

「是呀，為什麼呢？應該古時候就是這麼叫的吧，不是嗎？」

這說法不太可靠，我試著自行詮釋。

「會不會是因為暴風吹來時聽得見沼澤起波作響？」

「山上沒有沼澤。」

阿采婆顯得意外冷靜。

「若有認識的人煩請幫我介紹。」

「波音那一帶嗎？倒是有認識的。」

她想了一會兒後說：

「梶井家應該可以。」

「梶井家嗎？」

「剛好最近他們家的哥哥回來了。」

既然是哥哥，也就是兄弟中的兄吧，意味著人家的兒子、年輕人。可能是考慮到我和年輕人比較有話聊。雖說我覺得風土民情還是請教年長者較好，不過先見過那位梶井小哥再說吧。要是他不太熟悉當地的事，到時再請他介紹認識的人也未嘗不可。

根據阿采婆的說法，梶井家住在「波音的空曠處」。

「當天往返很辛苦吧。」

「半路上可能要露宿野外，或是走到森肩叨擾山根先生家一宿。」

「那樣也好。」

不知不覺間已不見刺栲樹的蹤跡。

刺栲能夠存活的標高在六百公尺以下，想來這裡的標高應是超過了。瘋狂鳴叫的油蟬、熊蟬也逐漸遠去，偶爾聽得到的只剩雀鳥類或綠繡眼的叫聲。比起走在常綠林，腳底的腐葉土和地表堆積的落葉種類忽焉增減。我邊以腳底感受著變化，繼續爬山。天色漸趨暗了下來，驚覺周圍的冷杉、鐵杉也增加了。才踏進針葉林，色彩轉為單調晦暗。難怪地名叫黑森，遠遠望過來就明顯看得出這一帶偏黑的森林色調。

前方的霧氣已漫至膝蓋高度，就像一道略呈奶黃色蠕動的巨大舌頭。四處湧現的瓦斯氣體眼看就要飄來身邊，與同類的霧氣融為一體後又分離，一時之間宛如地毯般起伏，隨即又一團一團從邊緣消散。儼然一座迷霧森林。正式走進名副其實的黑森，不論溼氣的話，起霧的針葉林就像置身北國寒帶，讓人不知身在何方，或是否走在正確的路。

前方出現一道褐色身影，是什麼呢？這個不是植物的物體動了一下。我茫然的意識瞬間落在眼前的定點。

原來是羚羊。

我緊盯著羚羊的腰際。慢慢將視線往上移，對上了同樣監視我的一雙眼睛，就再也無法移開視線。

為什麼羚羊凝視的目光彷彿能看穿人心？為何不直接逃開？難道是很少遭到獵殺的緣故？按理說島上居民也會打獵才對。山羊也不太會逃開，喧鬧的牠們似乎並不將人放在眼裡。相較之下，羚羊身上飄散著難以言喻的神祕氣息，定住的眼瞳中浮現哀愁。如時間靜止般彼此對峙，周遭充斥著憂傷的氣氛。

未婚妻有著類似俄國人的黑色大眼瞳。那雙彷彿能看盡一切的眼瞳，是否也難以在人世間通行無礙。

我踏出一步，羚羊也隨即往前移動。我停下來，牠便動也不動。如此反覆幾次之後，不知不覺間地面變得泥濘，樹林也稀疏了，始見茂盛的禾本科植物。我失去了羚羊的蹤影。撥開草叢向前，看見一片水塘，原來是沼澤，周遭香蒲叢生。琉球紅腹細蟌在眼前飛舞彷彿要引導我行進。看到琉球紅腹細蟌停靠上去的植物時，不禁懷疑是否看走了眼。三片葉子一如手指向上的手掌，雖然開花季節已過，但不管怎麼看那就是睡菜。沒想到居然能在島上發現可追溯自冰河時期的睡菜。我趕緊掏出筆記本素描下來。

微微起風，吹動了霧氣。霧氣深處傳來「咻呼嚕、呼嚕、呼嚕嚕」的悲愁鳴聲。傷感的嗓音似乎引發霧分子共鳴迴響。那是赤翡翠鳥的鳴聲。

眼前浮現出小鳥鮮紅的身影。牠們為了避暑竟遠渡重洋飛來日本的高地，若考慮到跨海移動所需消耗的體力，說不定在島南部的「高山」上正是其不為人知的藏身處。

我結束素描，直到踏進沼澤深處，赤翡翠鳥仍持續鳴叫著。

波音村落的標高低於沼澤，位於島的西側。一路是下坡。這一帶不見冷杉、鐵杉林，比較醒目的是紅橡樹。刺栲樹也出現了。我的目標是梶井家。路面變寬了，兩側是低矮的斜坡，快鬆落的泥土全靠紅橡樹根牢牢抓住。心中湧起整天待在這裡觀察土牆的衝動，看來應該有許多地蟲穿梭其間。天人交戰了一陣繼續往深山走去，冷不防眼前豁然開朗。但這並非霧氣已完全散盡，而是來到了開闊之地。不過隨著迷霧消散，對面高山也露出斜坡的線條。轉瞬間放晴了，陽光從雲間灑落。道路順著山的斜坡橫貫而上，不消片刻就出現岔口。遇到第一個岔口時得走左手邊的小路。小路兩旁是石頭補強過的土堤。爬上小路後，出現一棟漂亮的茅草屋頂房舍。屋頂採四面坡設計，呈く字型，是我在島上頭一次看到的「鉤家[1]」。前院站著一個正拿鋸子裁切樹幹的年輕男子。定睛一看，他也抬起眼睛望向我。我點頭致意：

「請問是梶井先生的府上嗎？」

看來平日少有來客，男子略顯驚訝地回應：

「啊，是的，沒錯。」

「我是任職於K大學的秋野。正在蒐集記錄島上的風俗習慣。如果能和您聊一聊，對我的工作會很有幫助。」

「是嗎，辛苦您了。」

男子放下鋸子重新站好面向我。

「遠來至此，但不知先生怎麼會知道這裡？」

我簡短地提起阿采婆，對方警戒的神情立刻轉為柔和。

「是嗎，她還好嗎？我只在小時候見過她，原來是住在龍目蓋的……不知道能否幫得上忙，那就請問吧。」

對方年紀大約二十出頭，外貌看起來顯然比我年輕許多。不知是否就是阿采婆口中「回歸故里的梶井家哥哥」。梶井先生手指向L字型較長的一邊，也就是靠我們較近的邊廊。旁邊有棵苦楝大樹，落下一大片涼爽的蔭影。我口中說著「不好意思打擾了」就在邊廊坐下，也顧不得禮貌觀察起屋內。紙門敞開的客廳內鋪著榻榻米，裡面的房間還看得見地爐。梶井先生多半是進去廚房叫人。我坐在邊廊等待同時眺望周遭。房舍一角有個背山而建的小型牛棚。

1　直角彎曲如鉤狀的傳統日式房屋。

「該說些什麼才好呢……」

年輕的梶井先生回來時口中念念有詞。我拿出記事本說：

「不管是島上的工作、生活，還是居住的房屋等方面都行的。」

或許是我的開場白過於籠統，反而增添了梶井先生的困惑。於是我改口：

「比如您方才在那裡鋸木頭……」

院子裡鋸成三尺長的木頭堆成小山。

「我鋸的是段木，好拿來培養香菇菌種。」

「是指栽種香菇嗎？」

「那是山裡的營生，燒炭和種香菇之外，我還種茶。」

「茶？」

「是啊。這一帶多霧，很適合種茶。雖然規模不大，但也有了愛喝的老主顧。」

「原來如此。」

這時屋內傳來說話聲。

「請進來屋裡坐。」

不經意間已站著一位身穿樸素木棉單衣及圍裙的老婦人。

「這是家母。」

梶井先生介紹。

「啊，真是不好意思，特來叨擾。」

「聽說先生遠道而來。如此偏僻寒舍，還請進屋一坐。」

「不敢不敢，難得盛情邀約，只是坐在這裡實在涼爽宜人。」

我們正好坐在苦楝的濃密樹蔭下，不時吹來山谷的涼風，十分舒服。

「那就恭敬不如從命。」

梶井先生的母親將準備的熱茶放在托盤上送至邊廊。

「哎呀，真是不好意思。」

剛巧也口渴了，茶湯散發出樸實的香氣和濃郁的甘甜滋味。

「真是好喝。」

「這是我家種的茶。」

「原來如此。這般好茶當然能吸引忠實的主顧上門。」

梶井先生和他母親都露出了寬慰的笑容。機不可失，我旋即問：

「雖然有點失禮，能否讓我稍微繪製這棟房屋的隔間配置圖呢？」

「先生要參觀我們家嗎？」

連梶井先生也露出意外的表情。對於我的請求，有些人二話不說便應允，但大多數人家會感到困惑，尤其是家有病人等情況；女人家則會像巢穴遇到下雨的螞蟻般驚慌失措。出現那種場面時，我也會很過意不去；也有人會跳出來說「就由我來畫隔間配置圖吧」，問題是通常會畫錯，畢竟平面圖和實際生活不能一概而論。一旦我指出錯誤，人們常難掩驚訝地表示「明明是我早晚住習慣的家啊」。

「我想要認識房屋的構造，例如天花板的結構、梁柱配置等。當然我絕對不敢強人所難。」

梶井先生和母親彼此對看了一眼。只見老婦人一臉嚴肅地點了點頭，接著梶井先生開口：

「平常疏於整理，只怕讓先生見笑。但若能幫到先生，那也歡迎參觀。」

他神色豁達地起身準備帶我參觀客廳。

「啊，失禮了，我想先參觀落塵區。」

「好的。我們從外面繞過去吧。」

走下邊廊再繞進屋內。屋旁設有脫鞋石，意味著可以由此進出屋子，也就是入口之一。

「從門口進去吧。」

如果說榻榻米的客廳位於L字型的長邊尾端，那麼「門口」就在短邊的另一端。一進門略顯昏暗，有著落塵區特有的冰冷感。等眼睛適應後，能看見大灶和水槽，門框上掛著葦簾，到了冬天應該會改裝上紙門。

「亂七八糟的，真是丟臉。」

老婦人跟在我們身後一臉惶恐地說。哪會亂七八糟呢，反而給人一種懷念的感覺。

去年，長年臥病在床的父親撒手人寰。彷彿追隨父親的腳步，兩個月後母親也過世了。或許是她老人家的身體也很孱弱，我無暇顧及。不對，我其實曾注意到，也開口勸慰母親好好休養。可是那天早晨我起床時，平日總是幫我備好早餐的母親卻未如往常起身。我直覺不妙，進臥室察看，母親已沒有了呼吸。

葬禮上隱約聽見前來弔唁的人們互相告慰，稱感情篤厚的夫婦在一方過世不久後，另一方也會隨之而去；或許如今的我也只能這麼想。但我既然交代母親好好休養，卻又任憑她洗衣服和做飯。腦中一旦浮現自責的念頭，便再也無法抹去。

看著水槽中放著剛採摘回來的芋頭、茄子，不禁想起母親。感覺梶井先生的母親彷彿也是家母的一位友人。

「我們叫落塵區doji，連接的空間是廚房。」

此一相連的空間應是結合成L型的兩棟房舍之一。doji的漢字是「土」和「地」這兩個字吧。廚房和落塵區相當於南九州雙屋的「內屋」部分。這裡的落塵區和廚房是完全分開的，中間以門隔開，而內屋幾乎看不到如此設計。

「請進。」

我接受邀請走進屋內。照理說這時不該猛盯著別人家的家具、衣物等生活用品，然而瞥見的家具固然老舊，卻似乎頗具來歷。昏暗中仍難掩長年使用後的光澤感。我並非沒聽過波音住民是平家[2]末裔的傳說，卻並不當一回事。畢竟西國各地和窮鄉僻野肯定都有類似傳說，要是將每個所謂落難村都當真，豈不教人質疑平氏家族的規模到底有多大呢？但現在我倒是能理解為何會流傳起那樣的傳說。

走出廚房後，先來到了木地板房，正面是倉庫。直角轉彎後分別是內室和客廳。倉庫、內室、客廳相連一棟。這個客廳就是我們剛才去過的客廳。

「房屋蓋好之後經過多少年了呢？」

「我想也要八十年了。」

內室設有神壇。我看見神壇後突然想起一件事，

「真是失禮了，我想再回廚房看一下。」

隱約記得那裡也設有神壇。再次回廚房確認牆面，果然明顯有祭祀的「痕跡」，腦海中因而留下曾有神壇的印象。

「這是將神壇移到內室後留下的痕跡吧？」

「不……其實我也不太清楚……從以前就是那樣了。」

梶井先生支支吾吾說不清楚。

我接著再詢問了衣食住等生活細節，發現占用對方太多時間，趕緊慎重道謝，告別梶井家。可能是種香菇用的段木裡有蟲，幾隻雞不停在上面啄食。

2　一一五六至一一八五年間，源氏與平氏兩大家族爭權，最後平氏落敗滅亡。

一路下山走到波音的村落。霧已散開，往高空飄去。果然村落所在的斜坡上栽種了許多茶樹，鉤屋也不少。根據梶井先生的說法，厚厚蓋在屋頂上的茅草來自山另一頭的共同茅場，每年輪流一戶人家可以翻新屋頂。

愈往下走霧氣漸淡，直至日暮西山才到森肩。稍微猶豫片刻，還是走下小路上前敲門。書生模樣的岩本先生出來應門，一看是我便露出微笑說：

「哎呀，我家主人說應該是秋野先生，快去開門。還真是如此。」

聽他這麼說，我也放下心來。

「突然造訪，真是失禮。」

一進屋內，夕陽的紅光從屋內走廊盡頭的窗戶照射進來。岩本先生停下腳步，伸手將懸掛的油燈取了下來。

「最近太陽下山得比較早。」

然後提著油燈說：「請進。」

走廊西側盡頭的窗戶邊是個挑高的小廳，還有通往二樓的階梯。那裡擺著兩張簡單接待客人的椅子，山根先生正坐在其中一張。

「哎呀，歡迎。」

「恭敬不如從命，我馬上又來叨擾了。」

「早就等候多時。」

這時我看見擺在窗邊的望遠鏡。

「噢！」

忍不住上前，仔細盯著外國製的鏡片。山根先生說：

「長年待在海上養成了夜裡看星星的習慣，而且站在那裡也看得到海。」

「原來如此。」

就像看著裝在杯中的水一樣，眼前是夾在山谷之中的大海。

「海上有什麼嗎？」

「有啊，飛魚。成群飛過海面的景象不似人間所有。」

「我現在寄宿的房東嘉助爺也捕撈飛魚，常聽他提起。據說能在兩、三百公尺空中飛躍，像鳥群一樣。」

「島上的人也叫牠們飛魚呀。有一次讓阿捨嬸看望遠鏡，她說要趕緊回家通知她丈夫捕飛魚。結果我費了一番工夫才讓她明白，等她回家那些飛魚早就不知去向。」

「哈哈哈。老爺爺也說每次一上船就睜大眼睛，緊盯海面有沒有飛魚跳出來。」

「今天剛好是飛魚大豐收，好像也送來不少。」

「是嗎？」

這時岩本先生點起的燈火照亮四周，室外瞬間變得昏暗。

「岩本很會料理魚，他原本是海上男兒。」

「不曉得合不合先生的胃口，還請您稍候。」

看來下廚房做菜是岩本先生的工作。

「那就有勞了。」

山根先生補充：阿捨嬸住在山下的村落，每週來兩次幫忙洗衣服和打掃。

難怪今天沒看到她的身影。

「今天去了哪裡呢？」

一邊夾起飛魚生魚片，山根先生語氣輕鬆地問我。過去彷彿也曾有這樣的情景，心裡湧現似曾相似的熟悉感。

「從黑森去了波音。」

「有什麼好玩的事嗎？」
「睡菜。」
「哦！」
山根先生的眼睛為之一亮。
「那是來自北方的植物吧？」
「是的，可說是冰河時期的遺產。」
「因為那一帶積雪很深。」
岩本先生也點頭附和。
「岩本的興趣就是到山上走走。」
「反正沒有別的地方可去嘛。」
說的也是，三人齊聲大笑。
「啊，我還在波音參觀了民宅的結構，那是一棟鉤屋。」

由於是突然閃過的記憶，聲調不免拔高了些。就像多數人聽見鉤屋時的反應，山根先生一臉丈二金剛摸不著頭腦的神情。隨即點點頭，嘴裡「哦」了一聲期待我說下去。

我接著說：「島下方接近本村海邊，不少民宅呈主屋和廚房浴廁分開而建的型式。這是源於波里尼西亞、密克羅尼西亞等西南群島由南到北的傳統建築形態，日本本土是看不到的。」

山根先生聽到感興趣的話題時，眼睛總是眨也不眨地直盯著我。

「北歐的小島也有類似之處。他們只會在夏天去住，並在屋外以灶煮飯。我曾經以為這麼做是擔心火災，避免延燒整個小屋，但其實是爐灶兼具暖爐的功能，夏天的話太炎熱。南方更是如此。他們不用灶，而是將食物埋在土裡，以燒熱的石頭烹煮。」

「沒錯。而且南方島上每一棟房子就是一個房間，因此生活上要擁有好幾棟功能不同的房子。氣候炎熱，通風當然要好。日本本土也有類似的建築。南九州就保留許多雙屋的型式，外觀像是兩棟一樣大的房子連在一起，屋頂底端平行相接。構造上底端相接處也是最脆弱的交界處，容易滲入雨水，所以得在交界處設置雨水槽。屋內地板相連能自由進出，但功能互異。兩個屋頂當中名為內屋的屋頂下，有大灶安放在落塵區的廚房和設有地爐的木地板房，也可供全家人圍爐；算是由女性主宰的區域。另一個稱為家屋的屋頂下是客廳，佛龕和神壇設置於此；為男性主宰的區域。這種內屋和家屋的結構是南九州民宅的顯著特徵。但再往北走，則屬兩棟屋子結合為一的鉤屋較常見。鉤屋的屋頂變形為鉤狀，兩個屋頂並非連在一起，而是形成一道自然彎曲的屋頂。這是和兩個屋頂並列相連的雙屋最大的不同，而且是獨棟型式。顧名思義，屋頂只有一個，內部是內屋和家屋相連。」

「原來如此，我倒是從來沒想過民宅構造的差異。所以說這個小島……」

「非常有趣。」

我的語氣充滿熱情。再也沒有比人們對我的研究感興趣更讓我雀躍的事了。

「木村海邊地區也和西南群島一樣是分棟而建的型式。往內陸進去的山麓地區，居住的可能多是任公職的武士階級，因而常見南九州式的內屋、家屋並列的雙屋型式。不料到了標高更高的波音一帶，卻成了鉤屋，最常見這種只有一個屋頂彎曲呈鉤狀的房屋結構。就和東日本稱為中門、曲屋的型式一樣。我參觀的民宅正是典型的範例。」

「這樣啊。」

「原本南九州常見廚房棟和起居棟屋頂相連的雙屋型式，承襲了南方文化的遺風。這是為了讓和主屋分離的廚房棟盡可能蓋得更靠近主屋，才衍生的終極型式吧。本土最南端的南九州儘管受到北方獨棟文化的影響，內部逐漸融合，但作為西南遺風的最後堡壘，情感上為了讓外部屋頂保留外觀上的分離，不惜設置中間的雨水槽也要堅持外觀上的雙屋型式。」

嗯……山根先生垂下視線，

「誠如先生所說，廚房棟屬於女性主宰的區域，起居棟屬於男性主宰的區域，分棟型式的南方文化遺風登陸本土後受北方文化影響，始有融合型式的轉變。而在此過渡期間應運而生的產物就是雙屋型式嘍。」

他說的正是我的推論重點。

「沒錯。」

我點了點頭。山根先生稍作沉吟後又說：

「那能不能換成這樣的想法呢？來自北方的融合型式文化到此終於放棄將油和水加以融合，決定走向分離，並嘗試分離。而那無法徹底一刀兩斷的型態就是雙屋型式。」

我聽到這說法頓時啞然，一時答不上話。

山根先生的言論讓我陷入學術上的混亂。

我的沉默讓岩本先生看不下去，用完餐後，他提議：

「我來泡咖啡吧！」

不待我回應，山根先生已緩緩點頭：

「好呀。」

儘管很慚愧讓他們如此顧慮我的心情，一時也無心開啟別的輕鬆話題，於是接著問：

「兩位曉得在明治初年以前，島上存在寺廟的事實嗎？」

「這個自然。」山根先生立刻回答。

「但在廢佛毀釋之後早已消失無蹤了。」

「是啊，我似乎是受那些遺跡的吸引才渡海來到島上。」

「……這樣啊。」

山根先生嘴裡嘟囔著。看樣子我已多少能判斷出，他對目前的話題是否感興趣。

「延續數百年的事物幾乎在瞬間破壞殆盡，該如何看待這種事呢……」

連我也覺得這說法有些不著邊際，但這就是吸引我來島上的理由。覺得各式民宅很有意思、各種樹木饒富趣味的我，內心深處其實藏著一個難以言說的荒涼空間；它引發我對這世界產生學術上的「興趣」，宛如失根野草般在意識的表層飄盪，又彷彿是散落荒原中的小島。這空間並不是與我相連的實體，而是一團混沌。即便困在其中，遙遠的意識深處還是存在著對此茫然的自己。畢竟是近幾年才湧現的感覺，倘若打從出生如此，多半早已見怪不怪，也不會因此感到痛苦。從存在深處升起一股對世界的「不信任感」。雖然並未蔓延至表面，但這惱人的擴張已逐漸侵蝕我的精神，而我對此毫無抵抗之力，也無法對外表露心聲。意外的是，山根先生不住點頭表達對我的認同，他說：

「我完全能理解。」

他蹙起眉頭閉上眼睛。

「明治政府宣布要分離神道教和佛教，卻沒下達指令廢佛毀釋。為了拉抬神道教成為國家體制的根基，只想打破本地垂跡、神佛習合[3]等神佛融合的現象。不料長期居於佛教之下備感屈辱的神道教人士，打壓異己竟走火入魔。平田派[4]的國學者和門徒就是主使者。」

---

3 本地垂跡是日本振興佛教的思想，認為神道教的神明釋佛菩薩化身，兩者地位平等，又稱為神佛習合。

4 指追隨江戶後期國學者、神道家平田胤亂（一七七六～一八四三）一派者。提倡復古神道，強烈排斥儒教、佛教。

「所以並非明治政府帶頭破壞？」

「明治政府允諾和尚只要肯還俗，就賦予一定的身分地位和經濟上的方便。因為政府最重要的課題是確立國家體制，並非與佛教有深仇大恨。然而所謂的神佛分離……」

岩本先生分別為我們送上咖啡。山根先生點了點頭接過杯子後繼續說下去。

「就好比本來應該生為雙胞胎的兩個人，出生時身體的一部分連在一起。倘若僅皮膚相連，只需動簡單的手術就能解決；要是彼此共享同一個臟器，便無法完全分割了。硬將那樣的兩人分割開來，恐怕得犧牲掉其中一人的性命。發生在日本土地上的神佛分離就是那麼一回事。」

一番話讓人不禁想像那殘暴慘烈的畫面。

「就像是棒打鴛鴦，硬生生拆散恩愛情侶對吧？」

「沒錯，就是那麼一回事。硬是拆開早已融為一體之物。」

山根先生說完後閉上眼睛。

「政府無論如何都要用神道教來鞏固國家體制；面對強迫推銷基督教的海外諸國，也希望強而有力的自有宗教足以抗衡。就這個意義來說，的確也有比佛教更需加以排除的事物。」

比佛教更需加以排除的事物？山根先生究竟要說什麼？我嚥了嚥口水，目不轉睛盯著他的嘴脣。

「就是民間宗教。以這個島來說，物耳師正是排除的標的。」

「啊！」我輕輕一聲驚呼。

「本來我們國家的神道教，包含許多來歷不明、各式各樣，號稱八百萬各路神明。可是為了確立國家基礎，只能對尊貴的皇統神明，以及為皇室犧牲的忠臣、日本國民公認『秉性端正』的神明竭誠敬奉；其餘『神明』一概不需要。積極建立新生國家的政府，首務之急在於強大的軍隊，需要不惜個人性命、果敢勇猛的士兵，因此要創造出肯為皇室賣命的國民才行。學校教育為了達到這目的運作起來，將國民意識深植人民心中。過去人們的群體意識頂多到村單位，如今要建立全國共通的國民概念，就要將傳達神諭操縱民眾思想的物耳師，打成歪魔邪道的汙穢存在；當然也不希望海外各國得知日本還有那般民智未開的習俗。佛教絕非那麼容易就能完全排除，比如本願寺就和皇室根源深厚，是延續數百年權威的宗派；物耳師就不同了。為了殺雞儆猴，殺氣騰騰的神道教人率先進逼島上。」

我不禁嘆了一口氣，原來阿采婆不願多談物耳師，背後竟有這樣的緣故。

「曾有多少人呢？那些物耳師。他們曾經多深入島民的生活？」

「我也不曉得詳細情形，不過聽說當時每戶人家都有御靈壇。那是供物耳師來家裡祭拜的地方。首當其衝被拆掉了。」

「這麼說來，我今天去參觀的人家就有拆除後的痕跡。話又說回來，山根先生怎麼會對島上的事情這麼清楚？」

「你知道家父就是島上出身的人嗎？」

「知道。」

印象中聽阿采婆提過。

「家父是在寺廟修行的僧侶，因為當時的動亂離開小島還俗了。」

我不禁停下將咖啡杯送往嘴邊的手。

「原來如此……」

「剛好家父兄長的公司需要人手幫忙，事業有成後，便獨立創業，後來結婚生下了我。要說我是神佛分離之子倒也十分貼切。」

山根先生氣定神閒地笑著，我卻不知該笑與否。

岩本先生一臉愧疚地表示家裡沒有客房，只能在山根先生的書房裡擺上簡易床鋪。山根先生手指著黑色文件箱說：「正好書房裡的書可以任先生翻閱。家父離開寺廟時帶走的文書資料，若有用也能隨意瀏覽。不過今天還是先睡下好，以後要翻閱的機會多的是。」

雖無意直接就寢，但一躺上床就立刻睡去。果然今天在體力上著實累壞了。

鳥叫聲喚醒了我。比起龍目蓋，這裡的鳥叫聲聽得更真切。一時之間忘了身在何處，直到想起昨晚，便起身打開了文件箱。

箱內資料中最吸引我的是寺廟的完整平面圖。上面詳細註明島上僧舍的位置。我不禁倒吸了一口氣心想：真是意外的發現。整個人也清醒了過來。要想調查寺廟遺跡，沒有比這更有用的工具了，連出外調查的工夫也幾乎可省下來。想來是山根先生的父親眼看寺廟毀滅之日即將到來，強忍義憤與感傷提筆繪製而成。包含小島地圖、各個僧舍的位置和名稱，以及他對島上各地的相關記述。其中也寫下了獺越二字。

我興奮地仔細研究地圖，突然發現山根先生的山莊所在地上頭寫著「海uso[5]」。海瀨（umiuso）應該是島民稱呼日本海驢的俗名。雖說這裡看得到海，但畢竟是山上，很難想像日本海驢會爬上這裡，從這裡也不太可能看到日本海驢在海上的身影。

吃早飯時，乘著一股興奮之情，我先就借閱文書資料一事表達謝意。

「幫得上忙實在再好不過。」

早餐桌上果然沒有麵包。看來岩本先生還不至於那麼神通廣大。桌上擺著稀飯和醬菜（只有我多了顆水煮蛋），食物和這個家散發的氛圍有所落差，

5 原文為「海うそ」，類似河瀨（kawauso），所以秋野自然很快聯想到海瀨。但うそ也有謊言的意思，是以山根先生的父親據此稱呼海市蜃樓的幻影。

讓我湧起奇妙的新鮮感。山根先生致歉：不好意思讓年輕人吃這種早餐。我也老實回應：腸胃原本就不好，早上最適合吃這些食物。

「對了，雖然還沒瀏覽完所有資料，對其中一張島上的地圖很感興趣。」

「啊，的確有張地圖。」

「地圖上將這裡標記為海uso。」

「是的。」

「海uso應該是指日本海驢吧？」

「可能因為河獺讓先生想到了海獺，確實說得過去。但家父似乎是指別的意思。」

「別的意思？」

「這也是他為什麼將房子蓋在此地的理由。他曾說當修行僧時到各村落沿路托缽途中，經常在這裡看見海uso；而他也很期待看到海uso。仔細一問才知道，似乎是指海市蜃樓。」

「海市蜃樓？」

實在是出乎預料的解釋，我不禁提高了聲調。

「是的。據說從這裡眺望海面可以看見海市蜃樓。家父說這是他最喜歡的地點。想必是難以忘懷，才會將房子蓋在這裡。換言之，是為了實現少年時代的夢想。」

「所以是海幻，原來如此。意味著海上幻影吧？」

我想都沒想到會是這樣的答案。

「現在還看得到海市蜃樓嗎？」

「可以。較小規模的海幻經常看到。有時是漂浮在海面上的船隻，有時是扭曲的影像。奇妙的是，雖看得出是扭曲的影像卻又說不出是什麼。」

山根先生愉快笑著。

「偶爾會看到類似城牆的東西。」

「城牆？」

我無法想像。所謂城牆，是日本城的？還是中國或歐美城堡的城牆？

看我一臉納悶，山根先生也困惑起來。

「我沒辦法說得很清楚，那東西讓我覺得是城牆，而且像是一座沙漠中的城堡。」

他或許察覺這麼說反而讓我更混亂，於是趕緊轉換話題。

「對了，地圖上也寫著獺越二字吧？我竟忘了問家父那是什麼意思。」

獺越。

關於這一點，我倒是能稍微給出答案。我曾經和佐伯教授討論過這個地名。

以九州為中心，經常能看到相傳地名為獺越之地。一般很少喚作全名的

kawausogoe，多半以河獺的古名稱為「usogoe」、「osogoe」，實際上該地是否真有河獺經過，則難以斷言。河獺是棲息在河川的生物，獺越的地名通常也只出現在河川附近；另有一種說法是，相對於「早越＝近路」，日語中也有「遲越（osogoe）＝遠路」一詞。「oso」音轉為「uso」，又變成了「kawauso」。

但真是如此嗎？

教授對該說法存疑，是因為稱做獺越的小徑雖說多半位在人煙罕至處，的確也盡是迂迴的遠路，卻又找不到那些小路存留至今的原因。除了是剛好經過的小路以外，實在沒有更多應該存在的理由。至少說這些路比起走捷徑雖要多花點時間，對女人和小孩的體力負擔也相對小得多，但連這樣的理由也沒有。一般來說，如此沒有效益的路會逐漸毀壞，終至廢棄，然而實際上卻留存了下來。既然如此，必然有其存續的理由，而且至今仍因該理由而讓民眾使用著。

「佐伯教授也研究過獺越。」

我約略說明教授關於獺越的研究內容。

我一邊說明，暗自思索佐伯教授對於「獺越」的興趣莫非始於這座島？山根先生凝視著手裡的咖啡杯，過了一會兒才說：

「還有一種說法是uso源自utsuko，指的是類似陰暗山谷的地方。但我已經不記得是在哪裡讀過，還是兀自留下的印象。父親每每訴說這裡的回憶，提起『uso越』時，總是陷入若有所思的狀態。或許是那時的父親予我印象過於強烈的緣故。」

海幻說不定並非僅僅意味著海市蜃樓，我茫然地想。

森肩——耳鳥

芭蕉／菊頭蝙蝠　耳鳥洞窟

因山根先生的爽快允諾，我得以花一整天埋首閱讀那箱資料。為避免沒有返回住處引來的疑慮與擔心，於是拜託阿捨嬸轉告阿采婆我將暫住於此。

根據資料記載，紫雲山法興寺的歷史如下。

開基者是圓澄上人，始於白雉年間，相當於西元六五〇年代前半。據說在島上修行的圓澄，夢見駕著靉靆紫雲而來的神仙現身。這年代和修驗道始祖役行者活躍的時代相比之下，似乎還早了些，但口耳相傳如此，只能予以認可。中興之祖圓海於十一世紀建立法興寺六箇別院，分別是藥王院、彌勒院、明王院、求菩提院、藏王院、奧院。影吹村有著寺廟前商店街的特質，是個港口村。

說起修驗道，總予人翻山越嶺、任瀑布衝擊、攀登懸崖峭壁的苦行印象。但就這些資料上的記載，僧侶在僧舍裡也從事經書典籍的研究。

總管六寺院的法興寺，執行政所、公文、下司、目代、下僧等職務，分別意指總務、文書、事務、神職、（下級）僧侶。資料中記載職務內容和僧舍裡的日課；地圖上也列出島內分布的各個堂宇位置，數百年來修行者對每一岩石、小河、岬角、洞窟、山峰等的命名，還很細心地以另一張紙記錄下地名的傳說。

例如惠仁岩的傳說。

惠仁岩是位於尾崎灣的奇岩。是寬政年間的故事，約是一七九〇年代吧。

紙上記錄的是該地名的緣由，即惠仁和尚和雪蓮的悲戀。

雪蓮生前名叫阿雪。嬰兒時期由死了妻子的修行者父親帶到島上，寄養在村中一對沒有子嗣的夫婦家中，長大後和修行的年輕和尚惠仁相戀。惠仁的師父想等惠仁完成修行後就讓他還俗結婚，但阿雪的父親反對這門婚事。不只阿雪的父親，包括她的養父母和村民、寺方也一臉不悅地告誡她不看好此事。阿雪就此被烙上迷惑修行僧人的惡女之名。人們看待她的眼光益發嚴厲，兩人也完全無法見面。惠仁的師父想出一個計畫，表面上將惠仁派往別的島上修行，實際上要他先寄宿在本土的友人家，確立生計後，再將阿雪也送出島相聚。但一無所知的阿雪以為惠仁棄自己而去，竟跳海自盡。幾年後惠仁返回島上得知阿雪死訊，便爬上阿雪跳海的礁岩，並在為她念經超渡時為漲潮所吞沒。

山根先生的父親，即修行僧善照是這些資料的記錄者，應該是離開這個島後才執筆。從文字中可以感受到一股切身感。年輕的善照出生不久就由寺廟收養，至今人生都在島上度過，正因親身經歷一切在廢佛毀釋下的崩毀，假如不記錄下來，一路走來的「過去」將從此消失不見。我設身處地感受到他那非做不可的心念。

「惠仁岩的傳說真有其事嗎？」

傍晚坐在客廳，一邊啜飲岩本先生沖泡的咖啡，我開口問。

「好像是真的。」

山根先生一臉正經。

「從前阿雪父親待過的僧舍，家父也曾待過。每年到了兩人的忌日，當班和尚都會爬上惠仁岩做供養法事。」

「這樣啊。」

「寺方或許也感到內疚，硬是逼死了命不該絕的兩個年輕人呀。」

「原來如此。」

佐伯教授的地圖上也有惠仁岩的地名，倒是沒記錄下緣由。

「惠仁最初就有意殉情嗎？」

「分隔兩地的幾年間沒有變心，一得知死訊便尾隨在後，這一心只想著對方的深情，先生難道不覺得是奇蹟嗎？」

這也算奇蹟嗎？

「這……該怎麼說呢？我想是阿雪的存在，讓他撐過了分隔兩地無法見面的那幾年吧。」

「但得知死訊後便失去活下來的動力嗎？」

山根先生陷入沉思。我想起他以前是船員，那是必須長時間離家的職業。

這麼說來，我並不清楚他是否已結婚，而我也沒有告知自己不僅未婚妻死了，父母也相繼離世，連佐伯教授也撒手人寰，簡直就像死神在我身旁拚命揮舞著鐮刀一樣。誰想聽如此陰暗悲慘的話題呢？

仔細想想，至少有件事確實很像奇蹟：待在茂密森林包圍的封閉空間裡，人們困在自己的內心世界，看不到常見的耐不住壓力便一吐為快模式，也沒非撐下去不可的堅持。那幾個在森肩的夜晚，謹小慎微地懷抱著空虛感，就我而言，就像靜靜守候著可能醞釀而生的有機物，一日日地過著。我到最後還是沒能知道山根先生的過去，山根先生對我應該也是一無所知。整體而言，若說這為我今後人生帶來某種決定性的衝擊，我想就是那段獨特夜裡的沉默時光。

「是波音的梶井先生。他送來了香菇和雉雞肉。」

敲門聲響，岩本先生探頭進來說。我聽到是波音的梶井，不禁開口：

「啊！梶井先生，我認識他。去波音時，就是參觀他住的鉤屋。」

「噢，原來是梶井君他家呀。梶井君也是我家食材的重要提供者。幫我問問他是否有空上來坐坐？」

岩本先生隨即退下詢問。

「對了！」

山根先生像是突然想到了什麼，看著我的臉問：

「先生今後會一直往山上跑吧？若有嚮導會比較方便。千萬別小看這座島，過去曾有許多島外的人在山上遇難。不妨拜託梶井君幫忙，畢竟你們也認識。」

正當我表示「那真是求之不得，但不知該準備多少報酬才足夠」時，梶井君走了進來。

「啊，你好。」

「哎呀，這不是來過我家的⋯⋯」

「我是秋野，之前承蒙叨擾。」

「快別這麼說，事後我還擔心是否幫上了先生。」

「聽說幫了大忙呢。」

「那真是太好了！」

感到寬慰的梶井君接受邀請坐下來。

「沒想到會在這裡見到你。」

「今天剛好抓到雉雞，山根先生能買下真是太好了。我家茶葉的主顧大半也都是山根先生介紹而來。」

「你家茶葉大家都喜歡，問題是我家只喝咖啡。」

「可惜我種不出咖啡豆。」

「那可難說喲，我還沒放棄呀。」

大家都笑了。我突然覺得這是個好機會，於是提出在意已久的疑問。

「我向阿采婆問起梶井君的事時，聽說是從島外回來的……」

「沒錯。影吹小學畢業後，我就住在本土的叔叔家上中學，接著進高等蠶業學校就讀。原本打算到紡織公司上班，後來父親過世，家中剩母親一人，考慮再三後決定回來。雖然對幫我出學費的叔叔很過意不去，我還是覺得全世界再也找不出像這樣的地方了。」

曬得黝黑的臉上，靜靜浮現著笑容。

「那倒是真的。而且有你在，對我幫助很多。」

「不覺得多看看世面比較好嗎？感覺航遍世界的山根先生會這麼說。」

「我才不會那麼說呢。」

「我覺得自己沒有山就活不下去。打從小時候就喜歡在山裡四處跑，之後就算去本土讀書，也很想念島上的山。」

梶井君頓時成了樸實木訥的少年，流露出對山愛戀不已的神情。他的話深深感動了我，旋即又因提議拜託梶井君擔任嚮導一事而回歸現實。的確，起初雖是山根先生的提議，如今已成了我個人的希望。

「接下來我打算到島的南部訪查。方便的話，可否請你擔任嚮導？如果你在工作上撥得出時間。」

梶井君就像聽到了有趣的企畫一樣，眼睛瞬間亮了起來。

「除草和修枝的工作都已告一段落。我若派得上用場，當然沒問題。先生打算先去哪裡？」

「耳鳥洞窟。」

地圖上標註的地名耳鳥洞窟十分吸引我。

「啊，我沒去過，但在地圖上看過。」

「我去過。曾經和同學去探險。」

「我覺得耳鳥這地名很有意思。」

「確實是如此，小時候聽到這地名大抵都有這種感覺。」

「這和物耳師的耳有關聯嗎？」

「但沒有耳鳥這種鳥啊！」

「嗄？鳥？」

「你聽過嗎？耳鳥。」

「沒聽過，我一直以為是耳取而不是耳鳥[1]。小時候還以為和無耳芳一[2]

---

1 兩者的發音都是mimitori。

2 盲眼琵琶法師芳一擅長說唱平家物語，連續七晚受同一武士之邀外出演奏。和尚察覺有異跟蹤出門，發現芳一去的竟是平家墓地。和尚為幫芳一解厄，在芳一身上寫滿經文，唯獨一對耳朵沒寫到。是夜武士來此看不見芳一，只見一對耳朵拔了就走。從此芳一便被喚作「無耳芳一」。

的故事有關哩。」

「是嗎？」

還真是意外。但既然是島上出生的梶井君說的，說不定與事實相去不遠。

「為什麼是無耳芳一呢？」

「說出來你們可能會笑我。據說我們村落住的是平家末裔，所以常會聽到那些故事。」

「我也曾聽說波音是落難村。難道你不這麼認為嗎？」

「該怎麼說呢……從前的人一直很相信，但我是不太清楚啦。」

我想起一件事。

「你家廚房牆上不是有類似神壇的痕跡？」

「是御靈壇吧。物耳師來時祭拜用的。」

山根先生的語氣充滿確信。

「是吧，家裡說過這樣的事。但我是真的不清楚。因為父母完全不說，而且從我懂事以來就一直在那裡。偶爾從大人的交談中會聽到物耳師的事蹟，我也頗感興趣。村裡似乎也常請物耳師來，聽說是為了供養亡魂，是不是很像無耳芳一的故事？等我去了本土，每次提起我們村裡或許有平家的末裔，卻不被當一回事，這才明白原來這種傳說到處都有，從此就對這說法姑且聽之。」

「我也覺得可能是落難的末裔。尤其是你們家。」

「老實說，我真不知道是怎麼一回事。但是對家母而言，這件事如同她的存在意義。因此為了家母著想，但願是真的。」

「家裡是否留有任何文獻史料？」

「村裡曾遇過一次森林大火，能帶出隨身細軟已不容易。再加上是將近一百年前的事了。不過家裡還保有歷代使用的碗器，家母極其珍視。疑點實在一開了頭便沒完沒了。」

「這也和信仰的世界有關嗎？」

「不，只要能找到證據，哪怕一點點都好……」

說到一半，我又心想，既然發生了火災那肯定是沒輒了吧，恐怕很難從中找到證據。

「物耳師的風俗是從什麼時候出現的？」

我突然想到，或許那是為了招回死於非命的族人亡魂所衍生的習俗。當然，我並沒有任何足以證明的根據向他們說明這個猜測。假設耳鳥其實是耳取，那麼物耳師曾舉行重要儀式的可能性就很高。梶井君側頭思索著物耳師的歷史後回答：家母多半也不知道。如今碩果僅存的村裡怕是也沒人知道。

「總之先去看看再說，耳鳥洞窟離這裡並不遠。」

「還好有你當嚮導，只是關於報酬……」

山根先生突然提起此事。

「秋野先生說要給的。」

「不用報酬啦，畢竟我也樂在其中。」

「怎麼可以。」

幾番爭執不下後，梶井君想了想說：

「那這麼辦，可以嗎？聽說家母年輕時，本土很流行刺繡的半衿[3]，可是島上店家幾乎找不到白色半衿。」

由於話題轉變太快，我略感錯愕，並試圖回想街上婦女身著和服的領口模樣。那種低調的華美曾蔚為風潮，但真要說起來，倒也算不上多流行。只是至今仍不時看見那風格。我點了點頭後梶井君接著說：

3　縫在和服內衣的領子，方便拆洗。長度只有實際領子的一半，故稱做半衿。

「我想買給家母，但是島上買不到。假使先生日後回本土，能否幫我寄過來？」

「倒是不錯的解決方法。」

山根先生也點頭表示贊成。的確如此，這樣一來比起單純的金錢交易更有意義。問題是如何挑選他母親喜歡的樣式？畢竟我對那種事也不太熟悉。或許到了和服店，店家會幫忙出些意見，但我還是得先問個清楚。

「令堂的喜好是？」

「她應該不喜歡太華麗的款式，剩下就交由先生處理。要一條老人家用的，還有……」

說到一半，梶井君突然臉紅了。

「順便買一條年輕女孩用的。」

哎呀呀！所有人瞬間都露出笑容，場面立刻熱絡了起來。

在山根先生「既然找了嚮導，不如也做好在山上過夜的準備，好好繞一圈回來」的建議下，決定事不宜遲盡早出發。但因彼此都要做準備，隔天兩人便分頭進行。我原本打算返回龍目蓋再來森肩，將數量不多的行李搬來這裡。此時岩本先生好心提議代我去搬行李，讓我趁出發前將想讀的資料讀過一遍。山根先生察覺我的遲疑後勸說：

「岩本也想去龍目蓋走走，他還沒去過那一帶。」

「的確如此。別看島上這麼小，換個地方空氣也不太一樣呢。」

「多謝。麻煩轉告阿采婆一聲，我有空會去看他們。」

「好的。我不在時也請秋野先生幫忙招呼一下。」

彼此交代完後，岩本先生出門了。我埋首於善照留下的文獻資料。

那天晚上，岩本先生和梶井君同時出現在大門口。說是梶井君回家路上正好在山根先生家前遇到岩本先生。森肩處於連結影吹和波音的道路途中。我看到梶井君手上提著一瓶酒。

「唔……」

心想為了明日的行程，今晚得早點休息才行，我略帶困惑地回應著。

「這是去影吹找來的。我想之後向樵夫商借小屋時應該派得上用場。明天連同行李一起背在身上。」

看來不是今晚要喝的。我十分感謝他的深思熟慮。

「若一直拿著走路會很重吧？」

「習慣了，沒事。」

「這是阿采婆給的。」

看著岩本先生伸出來的手，是包黑砂糖。

「這可是緊要關頭的寶貝呀。果然是老人家的智慧。」

山根先生點頭稱是。那就明天早上在笠取嶺入口的大石旁會合，梶井君說完後踏上歸途。

扛起裝有書寫工具、記事本、暫時用得到的文獻資料、糧食、簡單食器、寢具替代品、幾件衣物的背包，隔天一早天剛亮就從森肩出發。首要目標是耳鳥，耳鳥那一帶有很多與修驗道有關的遺址。

夜氣殘存的空氣有些陰涼，讓人無法想像白天猛烈的暑熱。

到達笠取嶺時是七點半，太陽已完全露臉。蟬聲唧唧彷彿預告暑熱的一天又將到來。梶井君早已坐在大石上等候，一認出我的身影便舉手招呼。

「你來得真早。」

「沒有，也是剛到而已。畢竟我家離這裡比較近嘛。」

大石旁有一條快被草叢吞沒的小路，他應該就是走那條從波音上來的小路。聽到我同情說「身上應該全被露水沾溼了吧」，他不以為意回答「太陽一出來很快就乾了」。

「那就上路吧。」

梶井君背負的行囊看起來比我大上許多。平常我大多一個人，已習慣悶不吭聲地走路，不免有些擔心，梶井君是否會因為彼此間沒有交談而不滿。越過山嶺後，往下走一小段路有處樹蔭，我們決定在那裡吃早餐。岩本先生幫我準備了兩人份的飯糰；梶井君的母親也為他準備了同樣的食物。

「家母猜到會這樣，所以蘸梅子醋捏了飯糰，可以放上一天不會壞。晚點就當成午餐吃吧。」

「我忘了告訴你，和我同行會很無聊。你肯定很奇怪我怎麼一路上都悶不吭聲吧？」

梶井君微微一笑說：

「不會的，先生不必在意。我也很喜歡一個人在山上走，對這種事不以為苦，反而樂得輕鬆。很高興可以不必沒話硬找話聊。」

好的。兩人默默吃起了飯糰。

這時節吹著舒爽的涼風，但在影吹造訪民宅時，聽說冬天來自西北方的季節風十分強勁。影就是風，據說影吹這地名由來的強風會越過笠取嶺，直接吹向本土。笠取嶺顧名思義，指的是斗笠會被強風吹跑的山嶺。

吃飯糰時，梶井君嘟囔了一句「好硬」，我也點頭附和「真的」。岩本先生捏的飯糰緊密厚實，口感極硬，但也勁道十足，吃得很飽。幾乎能感受到他的手勁，很有岩本先生的風格。

實在不可思議。比起對本人的印象，反而從他做出來的「東西」，更強烈認同其本質所在。

用完飯，便繼續上路。接下來是下坡路，途中遇到岔口，踏上類似動物行經後留下的小路，渡過小河，經過一道瀑布。來到附近時天色已然很暗，一抬頭，樹木濃密的枝葉幾乎遮蔽天空，只透出些許光線。

走進森林，梶井君的動作益發俐落了起來，充滿生命的躍動。整個人彷彿從內在放射出光芒。我想起他說過自己沒有山就不能活，也想到要是沒有嚮導獨自在山中徬徨，簡直就像闖入死亡國度般悲慘吧。此時的梶井君儼然是指引我的明燈。

蔓草樹木都追求著僅有的一點光線存活。

不管處於什麼樣的狀況，大多數植物只能向著陽光生長。那是它們生存的悲哀。

不久坡度又逐漸往上，來到一處像是臺地、陽光普照的草原。前方盡頭有道黑色的洞口。

「就是那裡。」

那就是耳鳥洞窟。上午十點四十分到達。

高度約三公尺，寬度稍微大一些。巨大岩石如屋簷般突出於洞口上方，上頭長有羊齒科植物。入口有一棵高約四、五公尺的芭蕉樹。如果芭蕉也能稱為樹的話。樹上開著淡黃色的花，像警衛般巍巍站著。

「噢！」

感覺到一股懾人的氣勢。

「我們進去吧。」

梶井君從行囊中掏出油紙包裹的小火把。

「我竟不知你還帶了那種東西，難怪行囊那麼大一包。」

「沒有照明，裡面黑漆漆的什麼都看不見。」

「果然是專業的啊！」

梶井君舉高點燃的火把作為信號，領頭走進洞內。洞裡感覺有些陰涼，傳來墨般的溼土氣味。來到上方岩盤較低處時，梶井君高舉火把一照，只見上面橫掛著一條懸垂白色紙片的注連繩[4]。

「這東西和物耳師有關，還是和修驗道有關？」

「不曉得，反正對孩子來說都一樣。」

話語聲與牆壁形成共鳴，彷彿走進異樣的世界。我們鑽過注連繩繼續向前走，一股緊張感油然而生。走了幾公尺之後，發現地上放著年代久遠的燭臺。

「不如點上蠟燭吧。來，幫我拿火把。」

梶井君將火把交給我，從上衣裡取出蠟燭，點燃後插在燭臺上。洞窟四周的壁面浮現，身後不覺毛骨悚然起來。

突然間，幾隻不知是小鳥或大蟲的生物在洞窟內瘋狂飛竄。

「是蝙蝠！」

不一會兒蝙蝠消失無蹤，可能飛去外頭了。牠們受得了白天的陽光嗎？

「根據體型來看，應該是菊頭蝙蝠。」

「以前都沒有哩。」

「走進更深處或許還有。」

「真是討厭。」

梶井君停下腳步，周遭一片寂靜。

「我猜修行者多半是進到這裡打坐冥想。你不覺得嗎？」

4 神道教掛在神社門口的稻草結繩。

的確會讓人那麼想。我靜靜凝視牆壁，感受到一股迎面而來的巨大靜謐，以我無法確知、難以預測的樣貌襲來。

「耳鳥這名稱和這種沉靜不會毫不相干吧？應該是曾經長時間待在洞中的人所命名的。」

暫時閉上眼睛，豎起耳朵傾聽；全身就像長滿耳朵似的，周遭動靜全集中到身上，像要被吸附過去一般。下一個瞬間，好像聽見有人爬過地底發出聲響。不禁睜開眼睛，緊盯山洞深處，泛起無來由的恐懼。

「我快不行了，還是出去吧。」

走回洞外，突如其來的亮光令人不由得閉上了眼。蟬聲唧唧似乎讓周遭再次回到原本的世界。強烈日光下，理應感到暑熱的我卻冒出一身冷汗。

「身體哪裡不舒服嗎？」

梶井君擔心地問我。

「你沒有聽見什麼聲音嗎？」

「沒有呀。不過秋野先生，你的臉色很差。先休息一下吧，也該吃午餐了。」

「你說的沒錯。」

說來丟臉，我不敢再回頭。總覺得深不見底的黑暗正張開大口看著我們。

耳鳥——沼耳

色木槭／紅角鴞　根小屋

用完飯的午後，我們沿紫雲山麓往海的方向行進，前往梶井君提議的過夜住處。他稱做「沼耳根小屋[1]」。一路上我仍無法忘懷方才的黑暗。往下深入玉走川的河谷時，梶井君指向周遭纏滿葛草的紅楠樹一角。

「若是在冬天，站在這裡就看得見紫雲山。」

「龍目蓋到本村的路上多少也能看見。」

1　日本中世的聚落型態。豪族地主的住家蓋在丘陵或臺地上，根小屋指的是環繞地主住家散置山麓的隨從的房屋。

「的確，那一帶群山相連。」
「沒錯，相連的是胎藏山、紫雲山、吊峰和谷島嶽。」
想到身處於能遠眺幽玄深遠的群山一隅，就覺得不可思議。
玉走川顧名思義，河床裡散落許多美麗的白色花崗巨石，色木槭層層疊疊的繁枝綠葉交錯其上，形成一條充滿涼意的溪流，但是水流並不平穩。島上的河川因陡坡而氣勢湍急。儘管離傍晚還有一點時間，水流聲外也能聽到對岸的暮蟬鳴叫。
「是暮蟬。」
「啊，的確是暮蟬。在這島上，標高不夠可就看不到暮蟬呢。我家那裡簡直吵死人了。」
「感覺又活過來了，休息一下再走吧。」
「好。」

我們移向能夠站穩的岩石，雙手伸進湍急卻清澄的水流中，掬起溪水飲用。一股清涼流進烘熱的身體。接著拿下掛在脖頸的手巾放進水裡搓洗擰乾，然後洗臉，以擰乾的手巾擦拭脖子。

「關於耳鳥洞窟……」

我決定說出一直思索的想法。

「是。」

「所謂的物耳師，是否可能從少數修驗道的修行者轉變而來？」

「嗄？」

「也就是說，那些曾在洞裡修行的修行者當中，有人便專注在修行後來物耳師擁有的那種能力？」

「也許是喔。」

梶井君大力點頭。然而，當時那彷彿游走在生死之境的聲音，會不會只是我的呻吟呢？還是再往裡走，原本耳聰目明之人將陷入什麼都看不見、聽不到，也摸不清自身輪廓的原始感官，連自己和他人都難以區分時，才發出那種聲音？若有心，一路走下去是否能抵達那最深處的黑暗？

「不，先生之言極有可能。」

倘若遷移到波音的人們真是平家末裔，那般想弔唁所有死去族人的強烈悲痛，應該與物耳師的出現有很深的關聯。這是我的假設。

實地走訪能感受到桌前思索時無法想像之事。我們再度沉默，陷入各自的思緒中。巨石下的急流轉為靜水流深。風搖動頭上的槭樹枝葉，陽光從縫隙間灑落在安靜的水面上，兀自閃爍著粼粼波光。

抵達「沼耳根小屋」時太陽才剛下山。

在那之前，得先經過原為玉走川支流的細小水流形成沼澤般的泥炭地帶。

應該就是善照取名為生繰沼的地點。沼耳的「耳」有末端之意，指的即是沼澤邊陲。突然間，我想到地名常見耳這個字，或許是因為人們喜歡選用聽習慣了的字眼。

小屋裡的空庭設有火爐，看得出人們長年煮飯燒菜的痕跡。我們也正好在此生火。梶井君從小屋中取出水桶和鍋子說要去取水，順便洗米。玉走川的支流就在下面不遠處。我留在小屋，發現了堆放在小屋角落的薪柴，但基於能不用就不用的原則，前往周邊林中撿拾可供燒火的小樹枝和剝落的杉樹皮。小屋裡陰暗又悶熱，不免懷疑露宿野外可能還更舒適些。還好此地標高夠高，不見沉滯潮溼的闊葉林。我邊走邊胡思亂想，又想起耳鳥洞窟中的黑暗。來到島上之後，老是會走進陰暗的森林，照理說也該習慣黑暗了才對。在暗而悶溼的常綠闊葉林深處小心翼翼地行進時，每往前踏一步，就像要被充滿彈性的腐葉土給吸進去般，彷彿就此沉入森林的底層。

黃昏是稍一眨眼就轉成夜色的時間帶。冷空氣從高遠的星空沉降下來。我和走在前面幾公尺的她之間，存在某種純度極高的透明物質。那是旁人無法介入的空間。某種銳利到一碰就會割傷、傳導率極高的媒介。那是只屬於我倆的空間。

祖父母過世之後，老家便暫租給別人，真到我就讀高中時，才舉家搬回。由於父親罹患胃病，不知何時能重回工作崗位，只好將父親職場附近的租屋退掉，搬回老家。回老家後，父親便就近到兒時玩伴的診所看病；搭電車通學的我則要多搭兩個站才能到學校。

放學後，出了車站穿過鑿山而成的馬路，走在一條每戶人家相隔甚遠的小路上，只不過多了兩個車站的距離，感覺卻像來到郊外。以前當然也曾造訪祖父母家，但都是在特殊節日，無法和如今每天通學、日常起居所在的住家相提並論。日後成為我未婚妻的女孩，她家比祖父家離車站更近。當時我和連姓名都不知道的她，從同樣的車站搭車通學；有時在回家的車廂上遇到，在同樣的車站下車，連回家方向也一樣的學生就只有我倆。就這樣過了好幾年。我每回想起，眼前總浮現秋日時的景象。

印象中，我總是搶先走在她前面，她會刻意走我後面，不過她偶爾也會走在前面。我們彼此意識到對方的存在，至少我是這麼認為的。之後父母雙方基於禮俗決定訂婚，照理說應是很大的推動力，但不知為何我們竟找不到機會商量結婚的事。我們仍保有小兒女的「羞怯」。如果我倆婚約期間更長，或是踏入長到令人倦怠的婚姻生活裡，想必會聊起當年的事吧。我從未在自身之外感受到如此孤獨卻近在咫尺的人。

她是否也過著同樣的時光呢？

如今已然無法確認。儘管不能證明什麼，但曾發生過一件事讓我萌生此想法。

傍晚短暫的同行路上，每一次都是以她進家門作為結束。那天她進門前突然停下腳步，回過頭來彷彿對著夜空開口說了聲「再見」。旁邊沒有人，毋庸置疑是對我說的話。我聽不見聲音，卻不由得也回應一聲「再見」。我想她聽見了。只見她微微點頭後，才轉身走進家門。

從那天起，變成了每日重複的習慣。雖然沒有進一步發展成並肩而行的「交往」，但在昏暗天色中連對方的臉都看不清互道「再見」的瞬間，就是我倆的「交往」。

兩家父親似乎看的是同一位醫生，而且很早以前就認識。我說似乎，是因為在「婚約」提出前我毫不知情。或許是擔心考上K大學，獨自在外租屋的我會耽溺玩樂誤了前途，父母幫我找起了對象。起初對於為出門在外兒子擅作主張的決定感到相當不快，總是不給好臉色也不予回應。直到得知對方是她時，心下頓生疑惑，小心翼翼詢問「不知對方的想法如何」，說是「怎麼可以讓女方丟臉，得先確認過你的意願才行」。當時父親儘管臥病在床，仍擺出主導家中事務的霸氣；母親的心情就和天下的母親一樣，希望在不是很熟的左鄰右舍間找到適合當女兒的年輕女孩。我默默地退回房間。

「倘若對方願意，我也可以。」隔天早上我冷淡地回覆，聽在父母耳中這已是兒子相當積極的表示，於是找人說媒，很快便定下親事。

高中最後一年即將結束前，通學時間因考試等諸多事務變得不規律，少有機會和她一起走在回家路上。那時的寂寞心情連我也很吃驚。

「喂！秋野先生。」

突然間，樹林外頭傳來呼喚聲，一下子將我拉回了現實世界，連忙大聲叫喊回應。

「我在這裡，馬上就過去。」

天色已經變得很暗。我快步走回小屋，此時梶井君剛生起火，飄散出從沒聞過的奇妙的薰香氣味。

「抱歉，我去蒐集柴火，但可能派不上用場。」

「我去汲水的路上也撿了不少，這種東西當然是愈多愈好。」

「這香味是……」

「蚊香。山麓蚊子雖不多，卻能用來驅蟲。」

煮飯的爐火旁邊擺著一塊幽暗的煤炭，透過覆蓋其上的蚊香粉末隱約可見靜靜明滅的火光。

「真是奇特的香味。」

「先生不喜歡嗎？這種東西看人喜好不同，我倒是挺喜歡的。」

「我不討厭，也可說喜歡吧。是什麼做的？」

「就是這些。」

梶井君打開手邊的紙袋，原來是以未曾煎煮的草藥磨成的乾粉。顏色繽紛，看得出混雜多種原料。

「大多是樹皮、樹實和葉子，家母調配的，我不清楚詳細做法。其中較多是酸橙、橘柑等柑橘類果皮。酸橙長期生長在樹上，夏天也採收得到。但主要還是利用冬天採收，夏天加以燻製，帶上山可以就近點燃生煙。」

那是一種令人懷念又像能喚醒體內神經的奇異輕煙，有著不同於練製香的純樸感。

「這肉火烤後的滋味很棒。」

梶井君拿出了味噌醃過的鳥肉，我也拿出飛魚乾。這是向來山根家賣魚的漁婦買的，不過他說魚乾還能多放幾日，留著以後吃就好。火爐附近放著以山刀削好的木串，應該是前人夜裡乏味做好留在那裡的。看到梶井君理所當然地拿起木串刺肉，我也上前幫忙。烤好肉之後，將路上採集的蕈菇、帶來的油豆腐等食材放進裝有洗淨白米的鍋裡烹煮。事先切細的食材也是由他母親代勞處理好的。

「在野外煮鹹粥或熱湯時，先切好或用鹽醃過是家母的做法。菜比較不會腐壞，也能少帶些做菜需要的味噌醬油。煮鹹粥時最方便不過。」

我心想原來如此。

「從前光是油豆腐就算一道好菜，如今當然也是。家母對秋野先生的印象很好，昨天去影吹時還交代我順便買油豆腐。家裡只有我時才沒這等好事。」

真是太勞煩她老人家了，我低喃感謝著。從耳鳥往河谷途中的朽木上長著不少蕈菇。梶井君說蕈菇能做出美味的高湯，不妨摘些帶走吧。那是我沒見過的蕈菇，當地稱為「母香蕈」。我將其形態描繪在記事本上。

只說是鳥肉，我就沒追問是什麼肉。吃起來比雉雞肉要乾柴些，但因已飢腸轆轆也吃得很香。鹹粥很可口，吃飯時兩人之間交換完一句「很好吃」，便不再對話。興致來時就投機交談，但並不刻意找話聊。對我而言，這是很舒適的沉默。

紅角鴞「呼、呼、咕」的叫聲在黑暗中響起。紅角鴞是初夏時節鳴叫的鳥類，怎會在盛夏當口鳴叫？聽著聽著，竟湧起不知今夕是何夕的茫然感。或許這紅角鴞並非活在今世的時空。

忽而像想起了什麼，梶井君提起登山口。

「接下來的上山路是往紫雲山的參拜路，叫做沼耳口。」

「好像是。我記得地圖上前往紫雲山的參拜路包含呼原口、權現口，總共三條路。」

「沒錯，這是其中一條。我們要上紫雲山嗎？那兒如今只剩下鳥居，神社已經搬到山的另一頭。」

「你是說紫雲神社吧，原本叫做奧院的寺廟好像也在那裡。」

「這我就不知道了。」

「善照記錄下來的。對了，我帶了自己描摹的地圖。」

我站起來從行李中取出地圖，就著爐火的光線攤開。

「原來如此，我頭一次看到。」

梶井君探出身子，津津有味看著。

「我聽過修行者來此修行，藥王院、彌勒院、明王院……哈！真厲害。原來從前是這樣。啊，我們嘴裡說的gojidani，原來是護持谷呀。」

「善照待過的僧舍就是這裡的藏王院，我想確認這個僧舍所在的位置。」

「嗯，我雖然沒去過，但約略知道在哪裡，應該沒問題。明天要去外海的海岸一帶嗎？」

「我要去良信堡壘。」

他看著我的手指滑過面向外海的小島海岸線。

「我沒聽過這個名稱。但我看過殘存的石牆，沒想到叫做良信堡壘。這什麼來歷？我這麼問好像有點奇怪。」

「文獻上沒有詳述，只知道由一位名為良信的和尚所建。他也是個奇人，從自己開闢的採石場開採石頭，運送過去堆砌成石牆。終其一生持續都在做這件事。文獻上並未寫到他這麼做的理由。」

「這樣啊。」

夜色中，梶井君的眼睛依然炯炯有神。

「光憑自己獨力完成的嗎？」

他好像想起了從前看過的石牆景象。我出示地圖同時說明寺院的大概。

「也就是說……」

梶井君低喃的聲音不似平常。

「假使我的祖先是平家末裔，若有認識的僧侶住在島上的寺院，很可能會前來尋求保護吧。」

梶井君沒有意識到自己其實很熱中於此番同行。

看著他略顯興奮的側臉，我心想，似乎有股沉靜的熱情在背後推動他，企圖解開「我為何身在此島」這般哲學式的困惑。

每個人都是誕生在這個世界後始有意識。事前沒有人和自己商量，也無法選擇出生和成長的場所；不只是自己，連父母、祖父母、曾祖父母出生時也毫無選擇就被生下來。所以人們想回到能自由選擇的往昔，找出真正的理由。祖先為何會選定這裡？若理由是「落難末裔」可能較容易理解。我想梶井君並不討厭這座島，甚至很愛這座島。也正因如此，更想知道理由。為什麼非這座島不行？若在別的土地上，是否也能對出生的故鄉如此愛戀？

用完晚餐，我們踏進木板地的房間整理被褥。跳蚤沒有原先擔心得多，倒是夜半不期而來的家鼠太吵引以為苦。老鼠是衝著阿采婆的黑砂糖而來。當我發現時，趕緊將繩子綁好的紙包掛在地爐的吊鉤上。周遭才安靜了下來。梶井君最後一把丟進爐火裡的蚊香仍飄散著香味。爐火繼續悶燒，在微寒的室內迸出妖豔溫熱的火光。

紅角鴞似乎叫了一夜。鳴聲響遍整片溪谷，伴隨我進入夢鄉。

沼耳——呼原

全緣貫眾蕨／橙端粉蝶　良信堡壘

因為梶井君生火的聲響而醒來。

「啊。」

「早安。煙燻著先生了嗎？」

「沒有。不好意思，所有雜活都丟給你。」

「是我該做的。這是避邪用的嗎？」

梶井君充滿興味地拿起那包黑砂糖。

「不是啦，那是因為昨晚被老鼠盯上吵得凶。倒是你可睡死了呢。」

「是嗎，有這種事？我一點也沒感覺。」

語氣聽起來像是很佩服我。要說佩服，我才羨慕他竟能睡得不省人事。聽到我由衷讚嘆，他笑著催促「就當是先生在誇我，請去洗把臉吧」。

還看不見太陽，但外面的天色已經很亮了。

整夜叫個不停的紅角鴞不知何時離去，就像換了當差似的，響徹晨靄中的是赤翡翠的叫聲，間雜著雀鳥類的鳴叫。此處溪流難得平緩，可能是坡度不大的緣故。到處石礫畢露的淺灘，有幾處挖了洞方便掬水飲用和洗濯。洗臉時不禁心想，看來小屋蓋在這裡是經過一番深思熟慮。溪水沒有想像中冰涼。我深吸一口氣。對岸懸崖上叢生茂密的大型羊齒科植物，水面蒸騰而上的晨靄逐一暴露在細微的光線中，搖曳晃動著，並逐漸消失不見。

返回小屋時，飯剛煮熟，味噌湯也熱騰騰的。

「哎呀，簡直是人間天堂！」

「不過是粗茶淡飯。」

味噌湯是小魚乾熬的高湯底，小魚乾也直接當成配菜。灑上取代青蔥的野蒜，雖有些草腥味，感覺倒也新鮮，帶有生命的自然香氣。

「野蒜是在前面土堤上摘的。這時節可能硬了些，但切碎了便無妨。」

「好吃！」

「家母教會我不少事。早上我多煮了些米飯，就捏成飯糰當作午餐。」

「好歹這件事交給我來做吧。」

「好，就拜託先生了。我趁這個時候去洗碗。」

梶井君的臉亮了起來，不知是因為不擅長捏飯糰還是真的忙壞了？心想實在不能凡事依賴他。突然想起走下溪流時看到許多款冬葉，便去溪邊採摘回來。

「那是款冬葉嗎？」

正在洗鍋子的梶井君回過頭來，一臉驚奇詢問。

「是啊，因為沒看到竹皮之類可拿來包飯糰的葉子。」

「原來如此，值得期待。」

說什麼值得期待，只不過是沾了鹽巴捏成的飯糰。我苦笑著拿了款冬葉包好剩飯，再將半包的黑砂糖掛回吊鉤，梶井君提議當作借宿回禮。而原本的那瓶酒依然帶上路。

出發時為七點十五分，比起日出時分雲層厚了些。或許少一些日曬也是好的，只求別遇上傾盆大雨。怕說出口不吉利，我沒向梶井君提起下雨的疑慮。

沿溪水往下走一段路，赤橡樹較多的山林裡逐漸陰鬱起來。渾身是汗。常綠闊葉樹林裡瀰漫著阿采婆口中的「unki」。

途中遇見姿態曼妙的橙端粉蝶、雲斑蝶飛越過溪流。就像補償溼氣帶來的不適，展現出唯天上得見的美景。之前看過雲斑蝶，但能同時見到兩隻如此碩大的白蝶聯袂飛舞的景象實屬難得。

「看到這一幕，此番出門就已值回票價了。」

「這兩種蝴蝶，我們都叫做白蝶。原來一種叫橙端粉蝶，另一種叫雲斑蝶呀。」

梶井君顯得感慨良多。

樹木逐漸轉換成石斑木的灌木，海的氣息也更濃了。雖然是溼黏的風，但有風吹還是比較好。如今更能感受到島上山與海之間如此的近。腳底下的羊糞愈來愈多。既然有羊糞，就有始作俑者，不時見到山羊的身影，有的成群，有的落單，都氣定神閒地低頭吃草。不知性格是否和小島北部的山羊有所不同，似乎並不關心我們的存在，不跑開卻也不會湊上前來。至於本村周邊的山羊真可謂天不怕地不怕，橫衝直撞、昂首闊步如入無人之地走在村子裡。

「沒想到這裡也這麼多山羊！」

梶井君皺起眉頭。

看來對下雨的憂心是多餘的，陽光強烈刺眼。沒多久，水平線逐漸映入眼簾。明明只是昨日不見，感覺竟恍如離開大海多時。抵達松林和良信堡壘是在十一點七分。

「就是這裡。」

「哈哈，原來如此。」

松樹蔭下、傾圮的石堆裡長著茂盛的全緣貫眾蕨。石頭是略帶橘色的凝灰岩，彷彿透著溫度，看著教人莫名心平氣和起來，似乎也多少能體會良信對石頭的執著。手一摸，表面粗糙不在話下，但因吸收陽光，也如所見般略帶溫度。

就算山羊也吃不盡這許多的全緣貫眾蕨吧。只見部分淹沒在沙土裡，想來應是綿延不絕到處生長。

我邊感嘆著，邊與梶井君沿全緣貫眾蕨前行，還好一路有松樹蔭蔽日。

「他先做好土壘，然後堆蓋上石頭。應該是為了防衛來自海上的什麼。光憑他一人獨自蓋起堡壘，真是辛苦。」

「寺方允許他這麼做也很了不得。」

「會不會是寺方命令他這麼做的？」

我倒是沒想到這一點。

「嗯……但若是如此就不會留下『良信堡壘』的名稱吧。」

「說的也是。」

途中幾處石牆傾倒扭曲埋沒在沙石中。

「怎麼回事？發生過地震嗎？」

「因為地基沒打穩而毀損了吧。」

長年累月下來，再怎麼身心健康的人也會有膽小心慌的時刻，而且累積的痕跡會益發明顯。乍看之下察覺不出，隨著看歲月流逝，看不見的負擔持續加重，並從脆弱處逐漸瓦解。就像等待解讀的暗號般，良信自身未察覺的某些事物也將一一顯露。

「從破火山口形成的海灣開採來的石頭……雖說內含許多浮石，但要搬運過來也是浩大工程。」

尾崎灣是標準破火山口構成的海灣。良信的採石場在海灣沿岸。

「一旦發了願要完成，憑靠的就剩執著。」

天空飄著些雲朵，海面風平浪靜。

我停下腳步，面向大海深呼吸，然後喃喃自語：

「到底是要防衛什麼的『堡壘』呢？」

「這一帶並沒有遭到他國侵略的歷史呀。」

「莫非是看見海幻？」

「你說的是海驢？」

梶井君充滿興味地看著我，可能正想像著一大群海驢進攻而來的畫面。

「不是的。這張善照地圖是由山根先生的父親年輕時所繪製，上面有個海uso的地名。根據山根先生的說法，海幻就是海市蜃樓。」

「是嗎，還是頭一次聽到。」

「果然你也沒聽過。」

「因為我是在山上長大的呀，或許和海邊的人不太一樣。」

「平常很少去海邊嗎？」

「對孩子而言路太遠了，何況又是『敵人』的陣營。只大剌剌參加過一年幾次的村中節慶活動。最期待的是三月初三女兒節，村民會做艾草粿和粟米糕，還有挖蛤蜊。」

「是嗎，先等一下。」

我停下腳步，將這些也寫在記事本上。他說的三月初三是舊曆，換算成新曆已進入四月，島上應該已是春暖時節。

回頭一看，紫雲山麓的雲氣散去，露出整個山頂，呈現出未曾看過的優雅山形。

「沒想到從這個角度看過去是這形狀，感覺很柔和。」

「從前面的呼原口上山是最好走的一條路。」

「島上的人經常上山嗎？」

「是呀，但不是很頻繁。基本上是女人禁地，女性不能上山。」

「原來如此。」

「有種習俗我們村子沒有，但影吹和本村等地區的男孩到了十五歲得上山參拜。」

「類似成人儀式？」

「嗯，得用海水和山泉淨身，倒也頗具儀式感。對了，聽說還得攀折山頂附近的山石楠花枝回來供在村裡的祠堂上。」

「哦，山石楠花嗎。」

連忙將收好的記事本又掏出來寫上。梶井君看著我的手說：

「沒錯，因為那是山下沒有的花。不過，我們山上居民會摘下山石楠花送給喜歡的女孩，像是一種習俗，不像他們那麼神聖地看待花。這種想法上的差異，有時也讓我覺得我們其實來自外面的聚落。」

「我覺得送花給喜歡的女孩，也算是對開在靈山上的鮮花敬重的禮儀。畢竟的確很特別嘛。你送花給誰了呢？」

我抬起頭一問，梶井君略顯害羞地抓了抓頭。

「反正就是那麼一回事啦。」

「是你打算送半衿的那個人嗎？」

雖然過於追根究柢，但梶井君害羞起來的模樣令人莞爾，我忍不住繼續逼問。

「真是討厭。沒錯，就是她啦。」

我不由得笑容滿面。我想，他回島上肯定也是因為那女孩，但我決定不再追問。

林中傳來既像「咻呼」又像「歐啊」的哀切叫聲。是綠翅鳩。逐漸遠去的嚎叫一如長笛吹出虛幻的招魂曲。

呼原——山懷

濱萱草／秧雞　口權現．奧權現

我們又繼續走了一陣子才吃午飯。梶井君說「秋野先生捏的飯糰很特別」，我也覺得形狀捏的有些奇怪，但客觀評價便不好說。不過看他毫不猶豫大啖起來，嘴裡念著「好吃」，我也就放心了。怎知他接著繼續說：

「先生不覺得吃別人捏的飯糰，感覺有點奇怪嗎？我第一次吃到家母以外的人捏的飯糰是在村裡的葬禮，當時覺得十分詭異。」

真是個坦率的男人。

「如此說來，我有個朋友不敢吃他母親以外的人捏的飯糰。」

「我能理解。」

梶井君猛力點頭。我沒有對他明說，這在人際關係上是跨越某種界線的行為。界線到處都有，只是人們從未停下腳步思考。往往察覺時已和對方變得親密。「親密」的程度無論好壞，就像在彼此的人生投下或濃或淡的暗影。

今晚已做好露宿野外的心理準備，但梶井君說紫雲山上過去精舍林立；當然如今已不見昔日的廟堂，倒是權現谷還有供獵人使用的看守小屋。要前往他口中的山懷看守小屋，得走很長一段路。我們填飽肚子後便立刻出發。

良信堡壘綿延不絕，海水閃亮刺眼，陽光熾熱，風也完全停了，像被不知名之物追著跑似的，最後甚至感到難以喘息。

良信被什麼所困住了呢？他要防衛的究竟是什麼？可能的話，他是不是打算蓋起環繞全島的堡壘？

不想被身旁的人察覺了這些念頭，我欲重新調整呼吸繼續前行，卻聽到：

「以前平原上開滿一大片濱萱草花。真是要命，都被山羊啃光了。」

我附和一聲「是嗎」默默走著，忽然瞥見一朵躲過殺戮魔口的濱萱草花開在懸崖壁上。

過了呼原口後，不時會望見紫雲山頂。起初會停下腳步，忘神觀賞一番；有時走著幾乎忘了山的存在時，有時又出奇不意英姿重現。每一次都讓我想起山頂上的山石楠，也想起那來不及收到獨一無二誠摯禮物的女孩。

山懷位於紫雲山和胎藏山之間，靠權現谷的胎藏山那一側。根據地圖記載，胎藏山裡設有許多供修行者修習佛法的地方。

從呼原沿權現川進入權現谷。涼風從山谷裡吹來，急遽的溫度變化讓身體彷佛重新活了過來。但那是因為之前行經之地太熱才備感舒爽，我很清楚時間一久肯定會再次感到溼熱不適。

在受到七、八公尺高的杪欏林震憾下，我們繼續往裡走，接著取代杪欏林出現的是一棵足供多人環抱的杉樹。顯然是古時人們種植的大樹，另一邊屹立著一顆直徑數公尺的巨石。應該是地圖上標註的「口權現」吧。我拿出地圖也讓梶井君知道此事。由於水流聲很大，不自覺說話也大聲起來。

「嗯，這顆石頭。原來是這麼回事。」

看到梶井君點了點頭後對著巨石鞠躬膜拜，我連忙也跟著做。

接著繼續往裡走。照理說寺廟群就蓋在懸崖上。果然是寶地，僧侶從這裡遙望對面的紫雲山頂，激勵著自己努力修行。不久，右手邊出現兩顆大石頭，其實是一顆巨石裂開成兩半。稀罕的景致讓人感受到修行者偏好的震撼力，裂口前方殘留一座鳥居。至少那座鳥居躲過了廢佛毀釋的風暴。這裡似乎是「奧權現」。走進鳥居，爬上岩石繼續走。抬眼一看，岩壁上鐵鍊高掛，祀奉著役行者和不動明王的佛像。更往裡走，黑暗中微微發亮的是蕈菇類具螢光性的植物。

「就連神道激進派看到如此嚇人的景象，也不敢動手破壞吧？」

「或許是睜一隻眼閉一隻眼。」

看著陰暗處裡朦朧的微光，突然想直接一探究竟。於是抓著鐵鍊，使勁拉了幾下確定強度後，舉起腳往上攀爬。

「先生要上去嗎？」

身後的梶井君不知驚訝還是詫異地詢問著。鬆開表面粗糙的鐵鍊後，手上傳來鐵鏽的味道。我無暇回應一個勁往上爬，一邊向不動明王和役行者行注目禮，一邊伸手抓住斜上方的洞窟邊緣。洞窟裡盡是發光的苔蘚。但因苔蘚會滲出水，溼溼滑滑的不好抓，我煩躁之餘顧不得攀上的手抓不住，硬是要撐起身體，明明動作不大，卻聽見鐵鍊迸出一道難以置信的巨響。

「這可糟了。秋野先生，不行呀。」

梶井君居然以地方口音大喊出來，卻也讓我回過神來。我知道愈往洞窟深處，苔蘚的螢光就愈強。然而，就像突然霧散雲開之後，才發現站在緊臨深淵的斷崖邊上，我不禁打了一身冷顫。不能再繼續往前了。我不曉得為何不能。我悄悄縮回腳，慢慢往下爬。鐵鍊照理說受到這般溼氣浸蝕下，早已脆弱不堪。我一邊祈求著「千萬要為我撐住啊」，終於站定在地面上。

「太好了。」

「多虧你大聲喊住我。」

「總之先離開這裡再說。」

回到權現谷，顯然已經快天黑了。

「剛才是怎麼回事？」我小聲地嘟囔著。

「遇到這種事時別想太多。」梶井君也低聲回應。

「快到了，我們加緊腳步吧。」

右手邊出現了石階，爬上去後來到了開闊的平地，小屋就在那裡。小屋後方有幾個人在交談。

「有人在，我去問問就來。」

梶井君繞到屋後。一時間說話聲停了，馬上又鬧哄哄了起來。不久，他回來說：

「他們正在宰殺山羊。還說我們可以住下來，剛好一起打牙祭。先生覺得怎樣？」

梶井君顯得面有難色，不等我的回應又繼續說下去。

「當然他們也是好意。可是他們對秋野先生，該怎麼說呢，應該是充滿好奇。所以怎麼辦才好呢？」

想來他是顧慮我的感受。

「這是個好機會，請向他們說恭敬不如從命了。不，還是我去吧。」

「嗯，可是……」語氣顯得有點遲疑。「先生可能聽不太懂他們的口音，不過，應該沒什麼問題啦。」

我隨他繞到屋後，一時間嚇到無法動彈。只見鮮紅色、暗紅色、黑色的肉塊如驚滔駭浪般映入眼簾。那是一隻已經剝了皮、肢解到一半的山羊。

比起赤裸裸的肉塊，凝滯的毛皮沾了汙血變得沉重，反而予人血淋淋的印象。整塊毛皮彷彿就要動起來似的，生與死瞬間轉場，場面立刻翻轉。

梶井君的獵人朋友——我是從梶井君提到自己也持有一把獵槍所做的推測——不時窺探我的反應，

「今天晚上就麻煩各位了。」

對方三人猛盯著我瞧，卻面無表情。直到梶井君出來打圓場，他們才點頭致意，然後補了幾句話，引來一陣笑聲。

我完全聽不懂他們說的話。該島北方，比如龍目蓋、本村、影吹一帶的口音各自不同，我不至於完全聽不懂，勉強能溝通。不料如今竟面臨完全不懂對方說什麼的窘境。為了表示沒有惡意，只能無奈陪上一臉微笑。和他們相談甚歡的梶井君回過頭看著我說：

「秋野先生，前面不遠處有個小瀑布，可以沖涼。他們說你不妨去那裡洗去身上的汗水。」

三人露出一臉訕笑看著我。搞不好我認為的訕笑就是他們的微笑吧。看來我或許該重新思考自己的表情和看待情感的模式。

「天色很快就要暗了，趁現在快去吧。」

在梶井君的催促下，我揹著行李跟在他身後走著。果然聽到瀑布的水聲。到達小型露臺狀的土緣時，發覺應是某種建物的礎石。

「原來如此，這裡會是藥王院的遺址嗎？」

那是端詳已久的地圖與自己身處之地合而為一的瞬間。

「啊！地圖上的……原來如此。」

我和梶井君重新環顧四周。抬頭一看，驚覺晚霞已染紅一半的紫雲山，正展現教人讚嘆的存在感，於是更確定就是此處。想必有修行者下此決心：既得遇寶地，今後就無法離開此地而生。既眼見奇景，從此自當敬奉神明，一心修行。

走下旁邊的小路，應該是一條流向權現川的小溪。大石上細流奔騰，從細流源頭看過去，中間深凹的岩石上方落下一道流量正好容納一人的瀑布，從前求道者多半是在此進行瀑布修行。

「水勢很強，打在身上應該會痛。我就免了吧。」

梶井君邊說邊赤裸上身，拿著沾溼的手巾擦拭汗水。我脫去外衣，留意溼滑的腳步爬上水正拍打著的岩石。

「哇！」

梶井君迸出歡聲。接下來的瞬間，頭上承受銳利的衝擊，所有聲音全然阻絕在外，我也與外界事物完全阻絕。好容易數到十後，便立刻從瀑布跳開。

「先生進去了吔。」

「頭頂感覺快被打穿了。」

之所以沒有脫掉內衣，是因覬覦順便洗衣的效果。原本擔心利用淨身的瀑布或河川洗滌衣物是大不敬的行為；又想到淨身本來就是洗去世間汙垢，應該沒關係吧。一路上向梶井君說明這些藉口，洗起其餘髒衣物，待回到小屋，三名獵人已在小屋前升好火，將肢解完的山羊肉串起來烤。

「哈！我還擔心吃羊肉鍋很麻煩，烤的比較沒有羊羶味，太好了。」

梶井君在一旁低聲叫好。那一大瓶應該是他送出去的酒也華麗登場。看得出獵人們比出「坐吧坐吧」的手勢，我隨梶井君坐在火堆周圍。一根根骨肉相連沒切開的大塊肋排豎起來均勻受熱炙烤，滋滋作響的油脂滴落，散發出誘人的香味。每個人都拿到酒杯，一一斟上酒，接著傳遞的是裝了熱水的茶壺。原來燒酒要兌熱水喝。梶井君說了些話，所有人頓時向我投射充滿善意的視線點頭稱許。我問他說了什麼。

「我說了秋野先生的瀑布修行。」

「太誇張了吧，你明明知道我只是裝模作樣！」

聽我一說，大家都笑了。奇妙的是，他們彷彿能聽懂我在說什麼。

「有時還是能溝通的吧。」

「我雖然不太會說，但能聽得懂他們說的話，他們也能聽懂我說的話。我可以幫先生翻譯喔。」

出發之前，我沒想到居然會讓梶井君也兼負翻譯的任務。

他們送上來一根帶有焦痕的排骨，我輕輕點頭致謝後大口一咬。肉裡頭留有一絲血色，肉質軟嫩，略帶羊羶味，以鹽巴調味極其美味。聽到我的評論後，所有人鬆開了渾身緊繃的力氣。梶井君翻譯他們的話「因為夏天的山羊都吃青草，草腥味比較重」。聽到我回應「不會呀，我覺得還好」，其中一人輕快地起身到一旁忙碌著，不久後回來送上由班蘭葉盛放類似佐味噌醬的生肉片。梶井君一副擔心的表情，三名獵人則面露訕笑地看著我。我心想這下可不能不吃了。肉有兩種，兩種都切成薄片。一種是完全的生肉；另一種只稍微炙烤使表面變硬，裡面則像鱈魚精巢般柔軟。啊，要這麼吃啊，我一臉正經，刻意表現出津津有味的模樣。味噌醬裡加了切碎的野蒜。他們似乎已憋不住笑意，向梶井君說了些什麼。梶井君有氣無力地翻譯給我聽。雖然早在預料之中，我還是做出誇張的驚訝表情，逗得所有人爆笑如雷。

幾杯黃湯下肚，感覺他們已對我卸下心防。或者說，我對他們亦如是吧。肋排之大，光是吃下一根肚子就很撐。三名獵人長得很像，細問下才知彼此是兄弟、堂兄弟。他們有時會捕獵鳥獸，平常大多在山上做雜活。今天剛好遇見那隻在石堆弄傷腳已半死不活的山羊，乾脆讓牠一刀斃命。紅銅色的臉龐有著彷彿黑線刻畫出來的皺紋，三個人不高卻滿身結實有彈性的肌肉。不管是體格或身段，都展現出歷經山上生活洗禮後的風貌。其中一人對梶井君說話，梶井君幫忙翻譯：

「他問秋野先生在山裡面四處跑，遇過哪些好玩的事？」

問話的本人在一旁「嗯、嗯」幾聲附和著，探出身子等我回答。這個嘛……我想了一下，決定說出秧雞的故事。

那是來到島上第一次走進山裡發生的事。

無人的林間小路那頭走來一隻秧雞。牠真的是走在路上，完全不在乎我的存在。

彼此擦身而過。

我實在不敢置信。如此缺乏警戒心，豈不很快要被捕捉殆盡走上滅亡一途！心想是否該追過去讓牠察覺人類的可怕。掉頭時，發現一路搖搖晃晃走著的秧雞恰好也轉身來看我。

彼此對看了一眼。

秧雞隨即轉身向前快步離去。

「居然有這種事！」

回想當時那種平常用不到的神經彷彿都清醒過來的感覺，我不覺興奮了起來。

「不管是小鳥或野獸都覺得還是平路好走。」

梶井君似乎難以理解我為何刻意提起這話題。確實，比起草叢當然走在路上障礙物較少，也能節省力氣。動物選擇走道路自也是合情合理。漸漸的，我對於在理所當然之事上大驚小怪的自己，反而感覺可笑。

梶井君還是將我想表達的意思「翻譯」給三人聽，只見獵人們使勁點頭，七嘴八舌了起來。看來是要對我上一堂關於秧雞的課。

「他們要說明捕捉秧雞用的陷阱。啊，順帶一提，」

梶井君說：

「我們昨天吃的鳥肉就是秧雞。」

是嗎，是秧雞啊。我的心情有點複雜。自從第一天以那種方式相遇以來，便對秧雞起了憐愛之心。

「對了，能不能幫我詢問羚羊的事？走進山裡，常會遇到獨行俠羚羊。」

梶井君轉達後，他們點了點頭隨即說明。梶井君「翻譯」後的內容大致如下。

羚羊基本上不會成群結隊，總是單獨行動。偶爾交配期間或哺乳時才有

「小群」出現，但也是要看時期。

冬日雪地裡有時能看到佇立不動的羚羊。

群居的鹿會在雪地行軍，那是因為只要跟著前鹿的步伐會比較好走。單獨行動的羚羊只能靠自己在厚實的雪地中一步一步移動。

那很耗費體力。尤其此地的雪富含水分，更是不難想見。難怪羚羊會累到動也不動。

「這麼說來，」梶井君說出自己的經驗。

「我記得小時候家父曾扛著站著凍死的羚羊回家。羚羊肉很好吃，是家中難得一見的大餐。小時候很天真，有得吃就高興。長大成人上山之後，好幾次在雪地中發現直立不動凝視著遠方的羚羊，總納悶牠在看什麼？」

羚羊在看什麼呢？在視野模糊不清、雪花紛飛的白色大地之中。

然而，牠並未蹲坐下來，而是始終站著直到死去，這是怎麼一回事？溫熱的身體先從耳尖、腳趾逐一凍僵壞死，邁向死亡，過程中牠的眼睛看到了什麼？最後映入眼瞳中的影像又是什麼？

大家白天都很勞累，有人打起了瞌睡，於是紛紛進入小屋就寢。拿了一張草蓆躺在上面，果不其然被跳蚤咬了。我很快沉沉睡去，還做了一個夢。

這裡是張有結界的神聖之地，我被迫打坐冥想。那是個歷史久遠的道場。打坐前我還有時間猶豫，於是四處走動想認清所在位置。我變得不安。曾經凝視過數不清無常的祈禱，或站或坐或四處遊走漂浮周遭，不停地追趕我，如今想來，依舊逼得我想放聲大叫。沉重的密度強烈到迫使世界走向虛無的同時，也迫使自身走向虛無。我試圖大喊「不要、不要」卻喊不出聲，然後就醒過來了。

破爛的茅草屋頂透入幾道細長的光線。大家都入睡了，為了不破壞寧靜我慢慢坐起上身，獨自茫然凝視著那光線。

遲遲升起的月亮到了深夜，以其皎潔清明的目光投射在山中小屋的屋頂上。要不是突然驚醒，我可能永遠也不會發現，所有人都沒留意到，眼前月亮一心一意織就的光線森林。

起身走到屋外，明亮的月光將我的影子清楚映照在地面。不知不覺間晚夏夜半的蟲聲肆無忌憚地在周邊響起，月光使紫雲山浮現白色的稜線。面對莊嚴的景象，我不由得跪下來低頭膜拜。

山懷——尾崎——森肩

鳥岡櫟／龍蝦　惠仁岩

黎明時，意識朦朧中感覺到三名獵人離去。

鍋子裡留有稗子、小米和芋頭混在一起煮的食物，我們心懷感激地當成早飯；也將今天再不吃恐怕會壞掉的飛魚乾烤來吃——路上休息時曾一邊含著黑砂糖，一邊將魚乾曝曬在大太陽下。飛魚的胸鰭展開後就像鳥翅一樣大，梶井君不禁嘟囔著「到底是魚還是鳥呀」。

我們做好準備繼續朝尾崎上路。趁著早上一片明亮，仔細觀察周邊，發現不少奇岩怪石。看來只有胎藏山是由石灰岩構成的山，難怪洞窟、風穴、瀑布、灰岩坑等特殊地形會成為他們修行的道場。

沿著權現川是一條幽暗的溪道，大型羊齒科植物遮蔽了險峻的懸崖，頭頂上濃密的枝葉擠成一片競逐陽光。不時聽到山鷚警戒的鳴叫聲，可能是我們已闖入其窩巢附近的緣故。

斷崖明顯有遭受過無情破壞的痕跡。而根據善照地圖，這裡曾是浮雕石佛並立之地。

石佛遭到剷除後，一如要撫平傷口般上頭長滿了羊齒科植物。我對梶井君說了此事，兩人久久不發一語站在原地閉上眼睛默禱。

不久來到胎藏山奔瀉而下的瀑布，也是權現川主流的源頭處。這裡的岩石從前應該也掛有注連繩或矗立鳥居。對面的紫雲山側是坡度陡斜的枯乾溪谷，呈現主流與支流會合之地形，豪雨時枯乾溪谷或許也會出現水流。不過，地圖上卻標記此處是紫雲山入口之一的權現口。既然是權現口，應該能一口氣從這枯乾溪谷直接爬上山頂。我腦海中浮現，身上繫腰鈴、吹法螺貝的山伏[1]一心不亂爬山的身影。但未免太危險了，途中很可能會遇到噴發而出的間歇泉。我對梶井君說出了心中的疑慮。

「那是自殺行為啊！」

他搖了搖頭。

山邊只剩下幾層碎石階的地方，想必是藥師堂的舊址。但我並不確定。從那裡來到溪邊一帶，左側有好幾階連續的石階。往上走是通往陽光普照的臺地。我猜測那裡可能是藏王院的遺址。

目測約莫百坪，以寺廟的規模而言不算大。但就規格宛如盆栽般的島上寺廟來看，已算十分寬敞。上面矗立著好幾棵需兩、三人環抱的參天老杉樹。

1 在山中徒步修行的修驗道行者。

靠山處有些石牆遺跡，可能是五輪塔的地輪[2]，石砌的底座也還留著，但是不見任何佛像。

「善照肯定是在這裡長大的。」

「是嗎，不曉得當年是什麼樣的狀況。」

自山上流下的小溪從寺廟一側橫切而過，手水缽[3]湮沒在叢生的荒草中，老杉樹下長著一大片挺起沉重花苞的櫜吾，準備迎接秋日的到來。我想起櫜吾金黃色的花朵，為島上古寺庭院增添了色彩，不知在此經歷多少歲月風霜？儘管不再有人前來觀賞，依舊為了下個秋天努力撐起精心準備的花苞。周遭僅有的聲響是潺潺流水聲和山崖落下的水滴聲。

「不知道他兒時是否曾經在那條小溪嬉戲？但就算是孩子也還是修行僧，應該沒那種閒工夫吧。」

梶井君喃喃自語。風從山頭吹拂下來。我心裡不住念著：拜託風別吹向我。站在分不清是廢墟還是山上的地方，如何承受得起這風吹呢。寺院確實存在過，也堅固到足以延續數百年，無人對此有所懷疑的日常所吹起的風和今日的風，當然是完全不同的吧？

彷彿手一擰都能擠出水的溼氣。拂過小溪而來的風能否為島上悶熱的夏天帶來涼意？一如為清風拯救，他們是否曾瞇著眼睛嘆息？

從那裡很快就看到對面是本土的大海。過了小溪一路往前的盡頭應該是通往本村的環島道路，不過寬度頂多容馬車通過，看來步行可能還比較輕鬆。貼著山壁的道路依然曲折蜿蜒，溼氣不似溪邊沉重。說起直射的陽光，所幸適逢太陽照向島另一側的時段，也少受了點罪。這一帶山巒幾乎由烏岡櫟所

2　佛教浮屠塔的一種造型，由五個輪堆疊而成。五輪由上而下依序代表空、風、火、水、地。

3　儲存清水以便禮佛拜神前漱口、淨身用的水缸。

覆蓋，我走在小溪上時就已經發現這點；若從外部看整座山，整片的烏岡櫟教人嘆為觀止。

尾崎灣形成的弧度相當美麗，海鳥在垂直聳立的白色斷崖上築巢。最底端是少許的沙地和行將腐朽的棧橋，大致上只容小船進出或是使用舢舨。就港口的地理位置而言，機能性遠不如影吹和本村。

法興寺曾經在那一帶群聚而建。

權現谷一帶的僧舍，當時人們可將佛教相關文物丟進胎藏山的任何一個石灰坑裡；可惜胎藏山離此地太遠了，法興寺的遺物大多往此斷崖丟下的吧。

看著稀稀落落的大小礎石散置各處，可想見寺廟之大。浩大的高山、天空、大海依然健在，只有與人類營生相關之物幾乎消逝無蹤。我不知道該如何看待這件事，也試著問自己：會不會反而覺得落得乾淨自在呢？根據佐伯教授的地圖——其實佐伯教授見過善照本人，卻沒有從善照手中取得地圖。

因此可以推測這是善照自身極其私人、與他生命根本意義相關的物品。如果他還在世，我或許也拿不到手——山裡其餘寺院遺跡還殘存著五輪塔與部分伽藍，我還沒有實地看過，就算去了或許如今也盡皆倒臥雜草叢中。無關乎人們來訪與否，只是兀自佇立於該地。

可是，這撕心裂肺的寂寥感……

天空是漫無邊際的藍，群山黛綠，雲朵潔白。我痛苦到胸口感覺快被壓得喘不過氣來。

默默地繼續往前走。梶井君也沒有說任何話。

行經某地後，總算能清楚看見它的存在。離斷崖邊約莫數十公尺，那座礁岩巍巍屹立在那兒，彷彿從天上插入海面的一根長矛。

形狀略顯突兀，質地應是凝灰岩，可見凹陷、突起和洞穴等跡象佐證。長時間矗立著，歷經潮汐的洗禮也並非不可能。可是周邊卻無相連的岩石、泥土和草木。要是攀爬到上頭誦經，也只能與大海對峙，別無去路可逃。

「啊！那就是惠仁岩。」

我嘆息般低喃著。雖是第一次見到的惠仁岩，但因早在文獻和內心深處相逢，反而湧現一股懷念之情。

「原來叫做惠仁（keinin）岩呀！有些人喊它是kenin岩，我不知道它竟然有正式的名字。只是一直覺得是個奇形怪狀的礁岩。」

我說出了雪蓮和惠仁的故事，梶井君驚訝地表示未曾聽聞。

「真有此事？該不會只在寺廟裡流傳吧。可是既然阿雪的養父母住在影吹，這故事繼續流傳也是合情合理。難道只有我不知道？還是說我居住的村子真如此孤立？不過真是感人，沒想到島上居然有此傳說。」

他眼瞳閃爍、興奮暢言的神情，看起來是那麼的耀眼。

或許同行多日作息一致的緣故，他如此自然地抒發情感，我開口詢問也知無不言；另一方面，他絕不會深入探究我的隱私。這樣的性格來自遺傳呢？還是源於本質的溫柔呢？那般的光彩炫目令我感嘆。日後我向山根先生提起此事，山根先生面帶微笑解釋：「那是因為秋野先生『來者是客』，是對稀客的敬意，怎麼能打破砂鍋問到底。我想就是如此。」

「良信的採石場」一眼就看得出來。斷崖上有個盆地狀的開口，內部呈階梯狀，一看就知道那是採石場。只是這一帶早為泥沙掩蓋，到處長滿雜草和灌木。在這裡開採出石頭，可要花費多大功夫才能運往靠外海那一側的海岸線呢？

「好一個龐然……偉業呀！」

嗯，的確算是偉業吧，我低聲附和。比起生於同一時代的任何人，我對素昧平生的前人良信反而更覺親近。

梶井君就近找到爬下斷崖的小路——就像是山羊走的小路——隨後潛入海裡。我待在上面等著，之後他告訴我對那裡頭的感想：海底似乎埋有許多伽藍殘骸、佛像法器等物品，但要說是如字面意義的墳場，感覺又不像。畢竟魚群穿梭其間，還夾雜不少色彩斑斕的熱帶魚，顯得繽紛熱鬧。又是一幅讓人感嘆世事無常的光景。

不過，梶井君居然在此捕獲龍蝦。遲島是知名的龍蝦產地，我也是此時才得知。

那天我們露宿尾崎。將龍蝦切片生吃，透著說不出的甘甜。隔天從尾崎走到尾浦，一路上幾乎通行無礙。這條路在地圖上標記為獺越。根據善照的記載，尾浦是從前居家修行者開闢狹窄梯田種植穀物、蔬菜營生之地。但現已無人居住。梯田叢生雜草，廢墟爬滿藤葛，天空依舊是一無邊際的藍，雲朵也仍淨白無瑕。梶井君說：「感覺像有人會突然走出來。」「真的是。」我如此回應的同時真心覺得：該不會我倆正走在亡者的世界？還是說打從一開始同行已然如此？

之後我們沿尾崎灣走，前往紫雲神社。我對於造訪此處內心備感糾葛。神佛分離令公布之後，這裡的神主是贊成派，導致如此慘烈的悲劇。然而現在的神主看起來略顯軟弱，堅稱不知曉從前佛寺林立時代，一副不欲提及當年事的態度，卻也好意答應我們投宿。

歸途踏上海馬胸部向北行，沿著靠近本土這一頭的環島道路行進。一路上確認地形與植被，途中住在屋城一晚。回到森肩的山根家已是距離出發日起一星期之後。

抵達時已是向晚時分。一走進庭院，從樹林縫隙中看見遠方海面的水平線上，有個白色長方形的不明物體正在晃動。

「啊，是海市蜃樓，是海幻！」

我不禁大喊。

「真的是！走遍整座島，只有這裡看得到。」

我倆忘神地凝視著。玄關傳來聲音，岩本先生滿面笑容走了出來。

「啊，你們平安回來了。」

山根先生也走了出來。

「我們回來了。」

「曬得真黑呢。」

聽罷此言，我和梶井君互看一眼露出了苦笑。本就曬得黝黑的梶井君，的確在這星期烈日的曝曬下，臉龐變得像漁夫一樣，我應該也差不多。接著我指向海面。

「海幻出現了。」

「啊，那是沙漠上的城堡。」

「真是難得一見。」

四個人站著欣賞許久。山根先生突然感嘆：

「我最近老是想起家父長掛嘴邊的uso越。」

對了，uso越。

對我來說這個字眼也帶有不可思議的力量。

「佐伯教授生前見過善照，可是並沒有拿到善照的地圖。因為對善照而言，那是極其私密個人的世界，不可能輕易交給別人。然而地圖上頭雖然沒有對獺越的解釋，卻有標記。不知善照是否曾提起『uso越』或相關的事？」

「很有可能。」

山根先生點頭說：

「只不過事到如今已無從得知，卻又好像早就了然於心。」

我心想他似乎打起了啞謎，但此後未再提及此一話題。

雖然也邀請梶井君留下來用飯，但他仍婉拒說要先回家一趟。大家知道他是怕家中母親擔心，也就不再強人所難。

那天在森肩舉辦了一場小型宴會，也端上進口的葡萄美酒相伴。

「瞧先生變得精壯許多。」

他們倆每次望見我，都以那般不言而喻的眼神一再盯著我細瞧。

「難道我過去顯得很弱不禁風嗎？」

「話不是那麼說的。因為紫雲山是十界修行、胎內修行[4]的道場，怕是你們經歷過死後復生的過程呀。」

「所謂十界指的是地獄界、餓鬼界之類……」

「沒錯。人生在世即為一種苦，受困於憤恨貪嗔的桎梏中，就是地獄界。再怎麼貪婪索求也不知足，痛苦地活在無饜足的欲念中，脫離不了執念、固執，就是餓鬼界。還有向強者諂媚，不僅無視弱者的存在還將他們吃乾抹淨，只對自己有利之事感興趣，凡事獨善其身的畜生界；尤愛競爭，一心只求贏過別人，因嫉恨、善妒、乖僻而動彈不得的修羅界……」

「別說下去了。」

岩本先生半開玩笑地哀號起來。

「該不會是葡萄酒喝多了吧。」

「怎麼會呢，這才酒酣耳熱要進入脫離煩惱的境界哩。」

「那請自便吧。」

「此乃人界是也。這才是真有人樣，既保有理性又尊崇真理的境界。幾番歧途誤入後，從中找到最好的人生方向；再來是天界，能夠感受到生命喜悅

4　修驗道的入山修行將山視為母體進行胎內修行，完成名為十界的十項修行後方可成佛出山。

和法喜滿盈的瞬間，這種無上的幸福可是生而為人都企求的境界。可惜只有一瞬間，而且虛無飄渺。」

「不對，秋野先生就該趁年輕時時向天界邁進才對。」

對於岩本先生的鼓勵，我不禁苦笑以對。

「對了。」

山根先生戲劇性地清了清喉嚨。

「到此為止是六道輪迴。從地獄到天界，大多數人只能輪迴進入某個境界，無法跳脫出去。修行者則是有意識地脫離輪迴的人們。接下來的聲聞、緣覺、菩薩、佛是他們追求的四聖。所謂聲聞界就是篤學提升自我；緣覺界應該是透過自己的修行，不論創造性或學術性的都好，得以窺見宇宙大法、絕對真理的光輝，進入無我境界；菩薩界是一心向他人伸出援助之手；佛界則可謂邁向成佛的最終境界，進而與宇宙真理、宇宙生命合而為一。」

「秋野先生已然完成那樣的修行。」

看來岩本先生也是「葡萄酒喝多了」。聽他愉悅地這麼說來，我連忙回應：

「我何德何能呢。」

「不，這一個星期難得晴天，可謂烈日地獄，所以是地獄行。想來吃飯什麼的也很不方便，那叫餓鬼行。一趟下來就和上山修行之人一樣通過十界修行。家父常說所謂十界就在每個人的心中。每個人身上都有著自己的十界。」

哪裡是餓鬼行呢，其實還抓到了龍蝦。聽我如此分辯，話題從修行的世界轉向蝦子。告一段落之後，岩本先生喝了一口葡萄酒又舊調重彈。

「的確，身處地獄界、餓鬼界的人似乎隨處可見，但要說當中也有性格高尚的人就……」

「不，還真是有。就算那些人平常所屬的世界是地獄界、餓鬼界，別的世界依然對他們開放。」

別的世界依然對他們開放。山根先生這句強而有力的話充滿說服力。但我無法體會那種絕對性，僅僅強烈感覺存在於我面前。那段無法抵達的距離令我感到哀傷。

「令尊善照先生離開這裡之後從事什麼工作呢？」

「起初去幫忙他大哥。維新時期，他大哥在外國人居留地開了一家以外國人為對象的雜事代行公司，幫忙處理日常生活的各種瑣事。等人面變廣後涉獵起貿易業務。家父先以實習生進入公司，後來獨立開業。看來很有商業頭腦。」

「聽說善照先生出生不久就被送到島上收養？」

「是的。父親出生沒多久父母即雙亡，當時他大哥年僅十三歲，家中有五個小孩。正發愁之際，便將他託付給來家中托缽的行腳僧。是那位行腳僧將他交給島上的寺廟收養。他大哥並非完全棄養他，至少附上了詳細的身世來歷。可能也是心有愧疚，當父親因神佛分離令被迫離島後，他大哥便十分照顧他。」

「神佛分離令。」

與其說是神佛分離令，其實問題出在以此為導火線衍生的廢佛毀釋亂象。關於這一點，山根先生先前的說明已相當清楚。

「實地走訪一遭，才深刻體會到的確發生過很嚴重的事。」

山根先生的臉頰因葡萄酒微微泛紅。

「當年教部省[5]從東京派來紫雲神社新神主川西義彥，那神主為了迫使僧侶還俗可謂無所不用其極。比如家父打從出生起就未沾過葷腥，這些人卻硬逼寺廟裡的山伏行者們吞食。」

5 明治政府轄下類似教育部的中央組織。

「太過分了！」

「宣稱神國日本享有山珍海味等食糧，一味威逼僧人食用魚和鳥獸等肉類，如此一來他們就無法堅持信念反抗。有些人身體無法承受，其餘僧人中有的嘔吐、有的寧可餓死也堅決不吃、有的斷念吃起葷來，真是什麼情況都有。還聽說會祭出硬塞葷食等強制手段，甚至遇到頑強抵抗者便以斷崖捨身相逼。」

「斷崖捨身？」

「人稱西方高野山的紫雲山原是修驗道別格本山[6]，不屬天台系的本山派或真言系的當山派，擁有獨自的修行方式。斷崖捨身也就是跳下懸崖，是一種肉身成佛。不到一年，島上所有寺廟毀滅殆盡，恐怕是受盡欺凌折磨。」

「沒想到如此美麗的山麓間，竟發生這般慘劇。」

一直若有所思的岩本先生突然開口：

「既然都到了那裡，為何不上紫雲山呢？」

突如其來被問到，我略感錯愕。其實梶井君也問過好幾次：我們不上去嗎？每一次我都含糊帶過。我當然知道山上有很多修行遺跡，只是……

「一旦爬上紫雲山就看不到紫雲山了。走在山麓時，看見突然現身的紫雲山，感覺也很不錯。」

「話是那麼說沒錯啦。」

我想起了待在獵人小屋的午夜，「體驗」月亮升上紫雲山頂那般不似人間所有的美景；無論我是否在底下仰望，紫雲山依舊超然存在。我很清楚自己無法以言語傳達真正的想法。於是改口說：

「真的很謝謝山根先生提議找梶井君幫忙嚮導。」

6 本山是指日本佛教中具有特殊定位的寺廟，級別有總本山、大本山、別格本山、本山等。

我很誠心地表達感謝之意，山根先生也面帶微笑地聽我說完。

「真是奇妙的旅行。途中好幾次我都覺得這些不是生者該來的地方。老實說，要不是梶井君在，我不知道會有什麼後果。」

山根先生的臉上依然帶著笑容。可是我已無法繼續逃避該說明的事。

「對了，我也去了養育善照先生的藏王院遺跡。」

山根先生慢慢地眨了一下眼，才問：

「怎麼樣呢？」

「嗯……」

聽說山根先生還沒走訪藏王院遺跡。我雖想據實以報，卻不知如何將千頭萬緒的感慨說個分明。

「幾乎沒什麼遺物了，不管是伽藍還是佛像。雖然早有心理準備，卻仍不免覺得何以致此？只剩下少許的礎石和手水缽。啊，還有石牆等殘跡。不過石牆也已看不出任何具宗教性的象徵。倒是吹拂過該地的風，該怎麼說呢？讓人很有感觸。」

「感觸？」

「對，感觸，而且感觸良深。似乎是從前也有過的感觸。明明感覺充斥在周遭，卻又消散無蹤。或許延續了我來此之前就有的『感觸』……也無法以所謂世事無常一言蔽之。」

山根先生認真思考片刻後低喃：

「會是色即是空嗎？」

聽到這句話，頭腦恍如清風拂過。心想沒錯，原來感觸竟是這四個字？瞬即湧現茅塞頓開之感。

「原來是色即是空啊！腦袋裡明明也這麼想，卻像頭一次觸及這句話的內涵。前人也曾幾度嘗試這般感受嗎？實在教人難以置信。」

山根先生的笑容十分溫暖。

「色即是空之後呢？今後你會繼續探索吧？望你在人世間能找到線索。」

我無言以對。山根先生接著又說：

「至於線索嘛……對了，不妨從新的戀情開始吧！」

一週之後我回到本土。回來之後立刻跑了幾家和服店，只為尋找適合饋贈對象品味的半襟。

五十年後

之後歷經戰爭過了五十年。

戰前到山根先生病逝為止，我們之間互有書信往來。通知我死訊的岩本先生後來行蹤不明。阿采婆夫婦早就已經過世。梶井君新婚不久收到軍召，最後客死南洋海島的消息，是多年後由他老母親寫來的回信中得知。沒想到熱愛那座島的梶井君竟去了海外，而且是去到南洋不知名的海島。

當地「戰事」究竟是什麼樣的情況，根據自南洋遣返的軍人證詞我們才能有所察知。那是戰爭結束好些年以後的事了。想到從小個性如樹木般剛直的梶井君怎麼熬過殘酷的「戰場」，竟不知如何安慰他可憐的老母親。我相信直到最後一刻，善良和溫柔都未曾與他相離，但必定更造成他的痛苦。就像我無法對上大學後即被送上戰場且從未歸來的學生和學弟們訴說的思念，每每想到梶井君便心痛不已，我與他之間的接觸只有當年夏天那一個星期，若早知道就該與他多說說話。比如討論波音可能是平家落難末裔村一事，我分明知道那是他最關心的事，而我又是那領域的專家，卻始終沒能給予他任何的提點。

戰爭結束那年七月，當時年過四十的我也收到了召集令。心想提高徵兵年齡上限，甚至指望像我這樣毫無經驗的老兵上陣，可見這場戰爭已撐不了多久。果不其然還在國內移師期間，戰爭就宣告結束。

我從K大輾轉換了三所大學任職，每一所都位在離遲島很遠的土地，以致沒能再度造訪。少了阿采婆夫婦、山根先生和梶井君，也是我與遲島漸行漸遠的原因之一。我終究沒有完成那篇論文，總覺得少了什麼仍不滿意時，一場空襲燒光了所有的資料和草稿。當時還茫然嘆息難不成過去一切都成了幻影？但事實上我並沒有閒工夫耽溺於感慨。畢竟我也絕非頭一次失去重要的事物，而這些事也並非只發生在我身上。

在名不符實的出征之前，我已娶妻並生了兩個兒子，如今也有三個孫子。這些是否就是山根先生所說的活在這世界上的「線索」呢？坦白說，我到現在也還沒有答案。

社會上興起建設風潮，到處蓋起巨大的建築物。畢業自大學工學院的次子也從事相關行業。那天在報紙上讀到遲島的文字，頭一次看到那島名成為媒體關心的話題，除了懷念之情和糾結複雜的心痛外，還有著近乎不經意間期待多時的信件乍然送達之感。我凝視著報上文字讀起內容，稱遲島即將建設與本土相連的大橋，報導同時樂觀預測人口急遽變少的小島將脫胎換骨為觀光景點，重獲新生。我不禁感嘆，居然在過了半世紀歲月之際說要建設大橋，還是在那已無任何熟人的小島。我突然很想在小島「重獲新生」前再去瞧上它一眼。

辭去最後任教的私立大學後，我過著民間研究者的生活。妻子寬子似乎覺得這樣的日子太平淡，經常和女性友人結伴出遊。過去妻子和我出門旅行時，總是被迫走很多路，因而視之為苦行。所以也不能怪她。

那一天，去歐洲旅行的寬子不在家。近來街坊流行跟團旅行，她也很熱心地蒐集行程資訊。既然是跟團旅行就不容我到了當地隨意地盡情探索，所以她當初雖然曾開口邀約，但很清楚並不適合我。反正也盡到了義務，她便興高采烈地和同樣愛好旅行的友人們出遊。

一個人吃完晚飯後，正想拿起書來讀時電話聲響了。

「喂。」

「啊，爸爸。」

是次子佑二打來的。都有了小孩，也即將進入不惑之年，卻還是一副稚氣未脫的德性。

「佑二嗎，好久沒聯絡了。」

「媽媽交代我要常常打電話關心您吃飯了沒。」

這種事寬子就不會交代給和我同樣從事研究工作的長子浩一。打從以前她就習慣拜託佑二幫忙。佑二也樂於接受不以為苦。只是他因為工作的關係，目前獨自一人住在外地。

「我吃飯了。她明明可以自己打電話來確認。」

「國際電話很貴吧。」

「你現在人在哪裡？」

「爸爸應該沒聽過的地方吧。叫做遲島，在九州這一帶。」

我拿著話筒，不禁睜大了眼睛。腦海一隅頓生感嘆：難道命運又要將小島拉回我身邊嗎？我難掩緊張，聲線有些沙啞。

「我知道那地方。」

「什麼，您知道？真不愧是地理學者。」

就算不是地理學者也知道，問題是你太沒有常識了。我忍著沒說出口，轉而詢問關心之事。

「你在遲島做什麼？」

「山下觀光的業務。」

「好像蓋了大橋。」

「哈，您很清楚嘛。如此一來就能和本土相連。目前正在進行一座休閒樂園的建設計畫。」

我深吸了一大口氣再慢慢吐出。

「我也過去看看吧。」

「什麼？」

「我要去那座島。」

「嗄？您要來？」

佑二顯然有些困惑。

因為工作的關係很習慣旅行。照理說只要決定了，出發前應不需花太多時間準備。

然而，首先以為已習以為常的準備行李就比預期花了更多時間，過程也毫無章法。我打算到機場買當天的機位，隔天一早出門時還很順利，卻在上電車之際差點摔進月臺間的縫隙。因為氣力跟不上腦神經系統所下達抬起腳踩上去的命令。過去也有過類似狀況，多半發生在我精神恍惚的時候。沒想到需要稍微繃緊神經的場合也鬧出這一齣。肯定因為我臉色鐵青，上車後立刻有人讓座。年過七十，很少成為「日常善行」的對象，卻在邁入八十大關後，彷彿衣服上寫著年紀似的，經常有人讓座給我。抬起無力的腳，爬上樓梯，快要站不住的身體靠在電梯裡的扶手上。一舉手一投足都像是在拚命，再加上老眼昏花，聽力也變得不太靈敏。

到了機場，為了確認班機出發時刻抬頭看時刻表，竟又找不到要去的機場名字。我像是著了魔似的一一確認其他時刻表，每一個都一樣。心想不會是客滿所以沒有列出來吧？正要去問服務人員，走了幾步後才恍然大悟。不過是我自己搞錯航廈罷了。弄清楚狀況後，雖然不至於錯愕，卻也只能抱著慘淡的心情趕快接下來的行動。這樣的情況，近來經常發生在我身上。

班機到離遲島最近的機場大約要飛兩小時。出機場後再搭乘公車到港口。原本擔心有了大橋後可能就不再有渡輪接送，所幸每天還是有往返兩次的船班。只是我到達港口時，最後一班渡輪已經開走了。昨晚佑二語氣略顯為難地表示有事不能來接我，我對他說不用，只需幫我安排在他公司的宿舍住下就好。其實本土也有宿舍，但我已要求住在島上。佑二雖然不太樂意，應該也已經幫我預約好了才是。當我得知港口有公車開上大橋前往對岸時，儘管心裡有些排斥利用大橋過島，最後還是決定搭乘。

從港口看到的島影，幾乎和五十年前沒有太大變化。搭乘公車經由大橋奔馳海上到對岸小島，多少讓人有些由然而生的感慨，但除了兩側一望無際的海面外，倒是與一般道路沒什麼不同，毫無特別。不過，晚霞染紅了小島上半部的景象令人怵目驚心。胎藏山、紫雲山、吊峰、谷島嶽等懷念的稜線清晰可見，我不由自主閉上了眼睛。又突然覺得不太對勁，睜開眼睛重新眺望那似乎不太一樣的胎藏山。果然不一樣了。稜線呈現不自然的切除線條。莫非是？心臟的跳動加快了。那是島上唯一的石灰岩山。我知道戰後的混凝土和水泥需求大增，礦產公司到處挖山採石。

遲島大橋在島上的起始點，不用說當然非龍鼻莫屬。公車就像水陸兩用車直接開往本村。一下公車，看到完全變樣的村落景象，一時之間呆若木雞。那些排列如女兒節裝飾層架的純樸房舍已然消失，取而代之的是本土常見小巧如甜點的房屋零星散落。空地變多了，充滿風情的巷道已不復見。或許是大橋開通的緣故，路上的車流量變大，停車場也隔外醒目。尤其讓我懷疑眼前所見的是加大變寬的馬路。原本曲折蜿蜒沿著海濱如同刮傷山壁而成的狹窄環島道路，也不知得鑿掉多少山才能成就出如此威風堂堂的雙向道馬路。雖然是盛夏，心中卻掠過一道寒風。但我也不能一直呆立在那裡。已屆傍晚時分，我得先去佑二指定的山下觀光飯店。飯店環抱著公車總站而建，很容易找到。佑二長期住在該飯店的客房。在櫃檯報上兒子的名字後，服務人員先請我稍等，並叫行李員過來帶我搭電梯上到九樓的房間。

從大片落地窗戶看出去，華燈初上的大橋全景一覽無遺。這是因為本村到龍鼻之間都是平地，沒有遮蔽物。行李員走後，我一個人百無聊賴，只好坐在椅子上眺望著大橋。

這肯定是一番大事業。隔著橋看不清楚影像朦朧的前方。不知投下多少重金，若對收益沒有相當的把握，應該不會進行這種猶如孤注一擲般的工程吧……

不好的預感越來越強烈。外面的天色漸暗，橋上路燈的亮度也隨之調高。

「啊，爸爸，您到了。」

佑二門也不敲一聲就直接開門進來。

「不好意思沒能去接您。」

我一時之間不知道該如何回應。佑二已非能夠從早忙到晚的年輕人，還以僅存的體力對抗疲憊、佯裝著快活的表情朝我笑說：

「很累吧？我們先去吃飯。飯店裡的和食餐廳還算不錯。生魚片很新鮮。」

我嘴裡咕噥著「累的人是你吧」跟著他走出房間。

和食餐廳在頂樓，除了我們還有另一組客人。不知是來的太早還是生意本來就不好，我新來乍到還無法判斷。不過從窗戶看出去，大橋益發與夜色和茫茫大海融為一體，只剩下燈光強調著它的存在。

「是颳了什麼風嗎？爸爸怎麼會十萬火急地說來就來？」

「我在島上還有沒完成的事。年輕時的田野調查沒能完成論文就停筆了。」

「原來是這樣。所以和這小島算是有緣嘍。我會來這裡工作，說不定就是這個不算淺的緣分使然。」

或許真的是緣分使然。假如是那樣，又是怎樣的緣分呢？聽佑二說起休閒樂園的建設計畫時，除了突如其來的心痛之外，也決定再回島上見證轉變的過程。

我認為那是我對小島的義務。之所以想參與小島的轉變，只因我也是小島的一分子。

「我明天請好假了，畢竟爸爸難得來。」

「不好意思，麻煩你了。」

佑二幫我斟滿送上桌的啤酒，露出有點滑稽的笑容說「慶祝見面」，我們父子倆相互乾杯。

「這間飯店很大吧。龍目池附近有溫泉，飯店從那裡接了水管過來。晚上請好好泡個湯吧。」

是嗎，我回應。眼睛看著佑二端過來的生魚片。

「爸爸，知道這是什麼魚嗎？」

「應該是飛魚吧。」

「哇，很清楚嘛。真厲害！剖開切片時，因為長翅膀的地方很硬得切掉，這就是切除掉的痕跡。」

他邊說明邊舉起筷子指出生魚片上的「痕跡」。我沒有開口糾正「那不是翅膀而是胸鰭」，只說「那是胸口的傷」。然後問：

「胎藏山，那是怎麼一回事？」

我下意識地怕被人聽見而壓低聲量。當然，我很清楚那件事和佑二一點關係也沒有。

「胎藏山？啊，您是說水泥公司開採的事？」

心想果不其然，沉默地點了點頭。

「我們公司沒有插手那件事。雖然覺得景觀遭到破壞很不是滋味，但也沒辦法。畢竟那座山不是公司買的。」

「那裡是修驗道行者的修行道場，具有歷史意義呀。難道沒有事先考證調查嗎？」

「這麼說來，聽說曾挖到佛像之類的物品……問過教育委員會，只說以前有寺廟，沒提到歷史意義什麼的。地方人士似乎去抗議過，但業者給的說法是，本來就是容易崩塌的山，他們只是將那一部分剷除罷了，這樣反而變得更安全。剷除掉之後，搭配完整的綠化計畫，今後也方便遊客上山踏青。」

胡說八道，我不屑地低喃。

「動植物方面的調查呢？像是羚羊呀山羊之類的。」

「島上的羚羊早就絕跡了。怎麼？爸爸從前來的時候還有嗎？」

我無言以對。絕跡了。但也覺得就是那麼一回事吧。

「至於山羊嘛，會圈出一塊地做為野生山羊的觀光牧場，也打算製作山羊乳酪。目前工作人員正在歐洲的乳酪工廠進修取經。這裡五十年前是什麼模樣呢？」

佑二沒有惡意，我也知道。

「將牠們關在牧場裡，還能叫做野生嗎？」

「但不是很危險嗎？到時會有很多人攜家帶眷來玩的。」

佑二嘟著嘴，透著幾乎和小時候一樣的語氣朝我唱反調。我這才發覺，從剛才起就一副質疑他的口吻。於是先深呼吸後，才緩緩說起五十年前渥島的樣貌。

「……走在森林裡面，有時會突然下雨。躲進挖開山壁而成的炭窯遺跡中靜靜等待時，不知不覺間旁邊竟站著一隻黑山羊，當場嚇了一跳。也不知道山羊為何會動也不動地一直站在那裡？難道是因為洞裡太黑了沒注意到我嗎？牠應該打一開始就意識到我的存在了吧。總之我們就這樣靜靜等待雨停。以前有過這樣的經驗。」

「哎呀，真是充滿牧歌風情。」

對了，這孩子就是愛聽這種故事。早知道多向他說些島上的事就好了。假使我在他小時候這麼做，情況會有不一樣的發展嗎？

「您說和小島有關的論文是什麼樣的內容呢？」

應該是為了緩和我的心情，佑二露出接待外賓的態度，熱情地詢問我。就像解開遙遠記憶的線頭，我審慎挑選他容易聽懂的字眼慢慢地說明。

「當時南九州的民宅形式叫做雙屋，也就是兩間房屋緊緊相連的造型。一間是主屋，設有祭拜祖先的佛龕或神壇，還有客廳。換言之是對外的男性主宰空間；另一間設有廚房和起居室，屬於對內的女性主宰空間。可是一路往南走，從波里尼西亞到西南群島都是分棟而建形式，每一棟房子都分開蓋，每一個房間也各自獨立。由南九州往北走，就不再區分兩者，通常在同一屋頂下有廚房也有大廳。只是這種情形下，女性主宰的空間會大幅縮水。」

「原來如此。印象中南九州男尊女卑的情況很嚴重……」

「沒錯。但單就領域面積來看，算是男女平等。南九州的雙屋有可能是來自南方的分棟而建形式變為獨棟形式的中間過程，也就是過渡期的產物。我那篇論文的主軸原本是這樣……」

「實際情況卻不同嗎？」

「不是的。」

腦海中瞬間浮現山根先生的臉。

「因為有人提出來自北方的獨棟形式，其實也可能是想一分為二卻又分不完全的形式。」

「哦，那可是完全不同的切入點。」

「就是，所以我才陷入苦思。」

「因此束諸高閣了。」

正當我打算反駁「事情並非如此」時，佑二可能受男性主宰、女性主宰等說法刺激脫口說出：

「我覺得媽媽也很辛苦。要不是她神經那麼大條，實在很難和爸爸這種慢性憂鬱症的人生活下去。」

「……慢性憂鬱症。」

原來他是這麼看我的，我頭一次從孩子的視角觀看自己。

「畢竟媽媽是全然樂天積極、正向思考、凡事往前看的人。」

寬子是朋友介紹認識的，有著我所沒有的活潑爽朗個性，在我們超過四十年的婚姻生活中展現剛毅不撓的特質。

儘管沒有任何根據，我突然覺得：或許不是過渡期，南九州就只是選擇了那種形式。既無分棟而建的內屋和家屋，也並未刻意偽裝成獨棟的外觀，僅僅採取緊密相連的形式？

這確實是五十年前我未曾浮現的想法。

隔天早上，佑二開車載我環島。

睡在開著空調、氣密性高的飯店房間度過的小島夜晚，就像是感受不到溼氣與風的異度空間。明明人在島上，卻又彷彿身處離小島相當遙遠的時空。不過早上九點看到貼在窗玻璃外側的椿象時，臉上不禁泛起微笑。總算稍微感受到小島的氣息了。

「晚上睡得好嗎？」

「我盡量讓自己好睡了。」

「果然是爸爸會說的話。那今天就上環島道路往南走，先去破火山口海灣吧。那一帶景色絕美，目前正要興建成公園。」

穿越常綠闊葉樹林，車子輕快地畫出平緩的弧線往前奔馳。看不到蝴蝶的蹤影，想來是車速太快的緣故。或許進了森林後就能看見也說不定。儘管平日鬱鬱寡歡，但來到久別重逢的小島還是多少感到雀躍。

「目前人口不知多少？之前在報上讀到似乎流失得很嚴重。」

「施工需要當地工人，因此不少人回來，實際人口應該增加不少。但不清楚統計數字就是了。」

車子過了谷島嶽山麓，一開進吊峰山麓，紫雲山便逐漸露出身影。從這裡看見的紫雲山為聳立尖峰和平緩坡度的組合，給人莊嚴與優美兼具、陽剛與陰柔並蓄的印象。

「啊！是紫雲山。」

如今在這全無熟識之人的島上，只有山河彷彿舊知的存在。

「很漂亮的山吧，冬天也會積雪。雖然作為正式滑雪場地有些困難，但我打算利用平緩的坡道做成孩子練習用的滑雪場；夏天也能滑草和玩草橇。還要架設纜車，改造成適合全家旅遊的遊樂園。另一側山麓正在蓋高爾夫球場。」

我聽得啞然失聲，好容易才開口：

「這一切難道不能喊停嗎？」

「嗄？怎麼可能。各項工程都已經動工了。」

「那可是靈山啊！是神明護持的山啊！」

自以為已經刻意不提高聲調，但佑二就像生氣的孩子沉默不語。當然，即便我從未待過民營企業，也很清楚那幾乎是不可能做到的要求。

「你可能覺得我說的話不切實際。」

「停工是不可能的，爸爸。可是我能理解您的心情，所以可否讓我考慮一下？」

他試圖安撫我的語氣，就像在面對提出無理要求的客戶。至少我的感受是如此，我搖了搖頭。或許事情還有可為……也或許已不可為。無論如何，我認為自己必須親眼目睹整個過程，而所有的衝擊和痛苦也是我必須承受的報應。我們父子倆都賭氣不說話，車子在不知不覺間從胎藏山山麓開往尾崎。斷崖的白色岩壁映入眼簾。

「到了。」

斷崖上改建成寬闊的停車場，後頭還有一些正在興建的建築物。

「這裡預計會進駐餐廳和紀念品商店，溫泉設施也在計畫中。」

我回頭望向山，雖說「unki」的氣勢大不如前，但依舊盤桓在島的上空氤氳蒸騰。

這時腦海中猛然浮現久未憶起的海幻一詞，記憶中是山根先生的父親稱呼海市蜃樓的字眼。宛如由貝殼吐出的海市蜃樓、宛如小島所蒸餾出的夢幻影像。

「那裡豎立了說明看板，介紹從這裡看出去的景色。應該看得到本土那一頭的群山吧！」

走上前一看，果然寫著本土那側的群山名字。可是前方的奇岩卻寫成了化人岩。

「咦？化人（bakebito）岩？」

我不禁拉高聲調。那座礁岩不叫那個名字啊，從來都不是。

「不對，是叫做ke-ni-n岩。看起來是會化成人形的樣子嗎？真是有趣的名字。」佑二說

「不是，那礁岩……」

我邊說邊回想起諸多遙遠的記憶。

「叫做惠仁（keinin）岩。」

「什麼？漢字怎麼寫？」

我對著一臉驚訝的佑二簡單說明是哪些字。

「恩惠的惠；仁是人部加數字二。」

「哦，從keinin音轉成kenin嗎？可是比起惠仁，化人更有宣傳效果吧？我覺得不用改回來也無所謂，維持現在的名稱就好。」

「我又沒說這樣不好。」

是啊，所謂地名不就是這麼回事。叫法會隨著記憶傳承、時代好惡而逐漸轉變。

問題是名稱背後的故事，從此也無人轉述流傳下去了嗎？

「您可能不會想看。」

佑二略顯擔心地對我說。

「若我們環島一圈，接下來會經過興建中的高爾夫球場。」

「沒關係，走吧。」

既然小島對我敞開心胸，我只能勇於接受別無他法。我甚至連一點紀錄都沒能留下，至少該見證整個過程。來到小島後不斷對自己說的話語，再度於心中低吟。走回停車處正要上車時，我猛然想起一些事，連忙環顧四周，確定就是這裡。心情又變得沉重。

「這裡有個坑洞吧？」

「哇，爸真的很熟嘛！為了填平可費了好大的功夫。」

這裡就是當年良信的採石場。我不禁握拳撐住額頭，然後問：

「啊，神社怎麼了？」

「神社？」

「紫雲神社。」

「哦，那個啊。嗯，還在。」

「神主呢？」

「神主……就是常駐神社、像公寓管理員的人嗎？不在了。只有一個來自本土兼管好幾間神社的神主，好像只在特定祭典時會來。是個年輕人。」

「……是嗎。」

「聽說那坑洞是採石場。」

「沒錯。」

我已經沒有力氣說明，佑二也無心追問。

看來正在興建高爾夫球場的地點就是呼原。車子開進裸露慘白山壁的胎藏山山麓，不久便看到推土機、怪手車零星散置的「工地」。不過我之所以確定這裡是呼原，是因為眼前那群生盛開的濱萱草。

「濱萱草！」

我不敢置信地看著眼前的光景。

「沒錯，這是頗為罕見的花。我原本也不知道花名。這一帶曾經是山羊的天堂，山羊全數抓起來圈養後，地上便長滿了這些花。很令人驚豔吧？」

「聽說從前這裡就長滿自生的濱萱草，後來被山羊啃光了，一根不剩。」

可是濱萱草並沒有放棄生機。

「是嗎。」

佑二看起來很雀躍的模樣。

「原來它是此地的原生植物。機會難得，我回去規畫一個以濱萱草花為主題的行程。」

瞧他一副立下功勞的態度，我無力地點點頭。

濱萱草的復活。竟然也有這種事。稍微冒出芽尖就被啃食的情形一再發生，濱萱草不但養活了成群山羊，也悠悠保存下自己的命脈。

松林依舊健在。良信堡壘已然不見蹤影。

「從前我曾經徒步走在這裡。那些石牆還在嗎？」

「啊，那段石牆到底是什麼？起初想全數拆除，但實在太長了，就像萬里長城一樣，大家都覺得有些嚇人。」

「那是由一名叫良信的和尚獨力完成的。」

「獨力完成？是為了什麼？」

「那就不得而知了。」

「也過於強迫自己了吧，但倒是充滿魄力。不知所以而做也很有意思，真是浪漫，就保留下來吧。我一定會大力宣傳這一點的。」

兒子和我的思路南轅北轍。不過無論他出於何種理由，聽到保留二字讓我稍微感到心安。

到底是防衛什麼的「堡壘」呢？

我想起和梶井君一同沉吟的昔日。

到底是打算防衛什麼的「堡壘」呢？是如怒濤般不斷侵蝕的「時間」？還是要守護即將忘卻的「記憶」？

真相已不為人知。搞不好連良信自身也不明白。不，他肯定不明白。當人付出那麼大的氣力堅持完成某件事時，相信沒有人明白真正的理由何在。

我們的車子接著開往影吹。影吹村看起來比往昔更寂寥。曾經是港口的村落熱鬧程度不亞於本村，如今依舊是港口，但自從本村蓋起了大橋，由本土進出村裡的人口也急遽減少。不過比起本村破壞的景象，我還比較喜歡眼前的蕭條。雖然環島路線等要道一一拓寬了，殘存角落的住宅區巷弄早已隱沒在雜草叢中，不知所蹤。

「我來過這個村落。」

「這樣啊。我們在這附近的高臺蓋了一座展望臺，預計叫做星見藏，是觀察星空的設施。不曉得那裡為何看得這麼清楚，是氣流的緣故嗎？現在還沒對外開放，暫時當作辦公室用。我們過去休息一下吧。」

「……是森肩嗎？」

「您果然對這一帶很熟。」

該不會就是那裡的預感果然成真。他們居然肆無忌憚地砍掉樹林、剷平土地，然後開通道路。只能說這群人的世界觀中全然沒有敬畏的概念，就此開闢出通往森肩的道路。曾經伴隨那條獸徑悄然同在的蝴蝶、蟲隻和動物的生態都到哪去了呢？我滿懷雀躍踩著夏日山路，從樹林縫隙中窺見彷彿異世界神殿的那棟洋房呢？

車子抵達的正是森肩昔日山根宅的所在處。森肩二樓房。

二樓房已人去樓空，原址蓋了一棟鋼筋水泥建築，正是佑二口中的「展望臺」和臨時搭建的辦公室；對面新闢的空地也是剷平山地而來的，此刻停著一輛輕型車。那是個可停二十輛車的停車場。後面山壁有著島上特有的多重細褶，是我未曾看過的景色。蟬叫聲還是同五十年前一樣嗎？感覺氣勢弱了些，莫非我想太多了？

下車後腳步自然走向從前「二樓房」所在位置，帶著懷念之情快步來回徘徊。感覺樹林依舊和當年一樣，還有從林間遠眺的大海。

可是那棟洋房不在了。

好像在這山野之中，那棟房子從未存在過似的。竟是一場夢境嗎？海上吹來的一陣風，從外側穿透我的內在而去。

還是幻影？

不，不是的。那棟房子的確存在過。我確定就在這裡，我們曾在裡面談天說笑。

那些真的存在過。

我不禁握緊了拳頭。可是已然沒有人能點頭認同我的感受，也沒有留下任何痕跡。徒留風搖動樹木的聲響，就像空虛一詞的真實意義，淨是無謂地響著。

「爸爸！」

佑二站在建築物門口喊我。我深嘆了一口氣後慢慢轉身走向他。

這五十年。

我做了些什麼呢？

辦公室的結構就像是現代版的臨時木屋，中央擺著一張大桌子，上面有小島的立體模型圖，製作得十分精巧。我立刻被吸引過去，急著確認五十年前走過的路徑。

「這位是飛田小姐，從本村過來幫忙的。」

佑二的聲音將我拉回現實，只見一位年約三十的女子笑容滿面地站在眼前。長相的確很像出身島上的村民。「您好。」她的問候不帶當地口音，同時客氣地行禮致意。

「承蒙關照。」

我也下意識地以長輩的表情點頭回禮。

「家父說他五十年前來過島上。」

飛田小姐幾乎可說是唐突而不自然地歡呼了一聲。她的反應讓我想起了阿采婆。

「那是在我出生之前。您覺得有什麼變化嗎？」

「變化可大了！」

忽然發覺自己難以克制不滿的語氣，連忙搖搖頭。

飛田小姐身為島上住民或許得顧慮公司立場。

「在大橋完成之前，這裡真的是相當荒涼的小島。但也很安靜。」

「的確是很安靜的島。」

「道路後來開通了。」

「是啊。」

說的也是，我在口中低喃。

「這裡的地質大多在中生代、新生代第三紀的地層間夾雜花崗岩，相當堅硬，造路或修路都很辛苦。」

佑二一邊指著立體模型一邊說明。立體模型不僅呈現陸地，也看得見海面下的地質結構。看來是對遊客說明的統一範本。

「這座島比本土更容易受到黑潮影響。請看島四周的深度，黑潮帶來深入的海流不斷沖刷兩岸，深達兩百公尺的等深線緊貼整個海岸，斷崖深入海底。由此也看得出陸地上的山坡多麼陡峻。這裡的高地在冬天全面承受來自大陸的季節風，也會下雪。五十年前的飲水是如何處理的呢？雖說降雨量充足，但畢竟地形太陡了……」

「家家戶戶都備有雨水桶儲水，濾過之後才飲用。」

「我們小時候會共同汲水倒進儲水缸裡，有時也會混進鹽分。」

「可是現在有淨水廠了。」

佑二滿意地補充。

「最厲害的是破火山口海灣，幾百萬年前是火山口，那是非常非常遙遠的年代了。而就在這間辦公室所在地點，施工時曾出土繩文時代[1]的陶器，表示當時已有人居。」

我不禁想著，不知道繩文時代的人是否也看過海幻？佑二動不動就追溯古代歷史，言下之意根本瞧不上這僅僅五十年的變化吧。的確，想到繩文人或許看過海幻，心情上似乎也舒緩了些。

「對了，爸爸，您可能會有興趣……」

佑二打開鐵櫃，取出一只木箱。

「請坐。」

我詫異地心想佑二究竟想做什麼，順從地坐在椅子上。

「要是挖到太多類似『考古學上的重要出土文物』也很麻煩，施工可能得喊停，目前胎藏山就是面臨了一點小麻煩……所以，後來就算挖到什麼，現場監工也會有默契地不上報而繼續動工。不過我還是想請爸爸幫忙看一下，

1 日本的舊石器時代末期到新石器時代，西元前一萬四千年前至西元前十世紀。繩紋陶器為主要特徵。

裡面有沒有可以作為觀光資源的物品。」

還以為挖到什麼，原來是一堆破舊的木片。可偏偏一眼就看得出來那是「考古學上」的重要文物。

「都是在這個地點挖出來的。是一個位於深山、居民都已高齡化，早就廢棄的村落……」

他指出地圖上的位置。我對那標高很高的地點確實有印象。

「那是波音（hato）村，我認識其中一戶人家。」

「哦？可是我看地圖上寫的是波音（namioto）村。」

「沒錯。但是要念做hato村……」

說明的同時，從前種種如回聲般迴盪腦海，我閉上了眼睛。

這時裡頭響起了電話聲，飛田小姐走過去接聽，轉頭喚了佑二。從電話響起就坐不太住的佑二丟下一句「幫我檢查一下」，便走進裡面。

剩下我一個人仔細檢查木片。獨處時會自言自語起來是上了年紀後的怪癖，彷彿是為了確認自己的存在。

「這是中世紀地鎮[2]用的木簡，上頭看起來寫的是地名。」

上面寫的文字是「吾都」。

「發音是念做a-to嗎？」

我邊咳嗽時赫然意識到，下一秒背部像竄過電流。

那塊地開墾之初時，就是吾都。吾都意味著我的故都。雖然依舊懷念被拋下的故土，卻還是決定斬斷思念之情，將此地改稱為自己的故都。取名吾都，是否有此深意？日後隨時代更迭，ato音轉為hato。不，也許「hato」並非「ato」到了後世的訛音，而是落難末裔擔心該地名會引來追討殺機，故意

2　地鎮祭是建築工事動工前的祭神儀式。

改掉發音的應變之舉？每一次喊波音（hato）等同喊著吾都（ato），波音二字也恰恰象徵著他們一路辛苦走來的波濤洶湧，不也充滿平安末期京都武家的「雙關」雅趣嗎？從地名或多或少可摸索出前人的思路。

找到了論文最後的斷簡殘篇。

我腦海中浮現在沼耳根小屋中被爐火照亮的梶井君側臉。

我不知道出神了多久。

「對不起、對不起，方才在挑選島上露營場的幾個地點。爸爸，您聽過沼耳嗎？」

「我也沒去過那裡。」

佑二和飛田小姐從裡面走出來的說話聲讓我回過神來。

「沼耳……我知道那裡。」

「是嗎，您覺得那一帶如何？」

「那裡有一條流速緩緩的小河，卻難得沒什麼溼氣，是個好地方。」

「看來很適合規畫成露營場。」

佑二臉上綻放出明亮的笑容。

「像是耳川之類的，島上很多地名都有耳字。您調查過是什麼原因嗎？」

飛田小姐也充滿興味地看著我。

「不知道妳是否聽過物耳師……」

她一臉嚴肅地搖頭。

「是嗎？島上從前有這種類似民間信仰的職業存在。我想近似西南群島的靈媒、巫女，負責生者與死者之間的聯繫……」

說明的同時心想，難怪我那麼在意物耳師的存在。

關於物耳師，幾乎沒有留下任何資料了吧。我終將無法得知物耳師的真相。到底他們出了什麼事？想必真相將永遠埋葬在島上。不過，我雖不知道卻仍堅信：那是人為的結果，與大自然無關。至少對人們而言那是撕心裂肺的慘劇。儘管沒有親眼目睹，卻強烈感受到發生在物耳師們身上的事，已悄然而確實地存在於自身記憶深處。

只是那樣的我再過不了幾年也將消失在世上。

「原來如此。」

佑二難得一臉正經地聽得入神，稍微沉默了半晌似乎在想什麼，然後抬起頭來，看著窗外說：

「剛好是避開日曬的時間，我們上展望臺喝茶吧。」

被催促著來到外面。先前沒有注意到，外面擺設了室外桌椅，可以從林間看見閃爍陽光的海面。在佑二的引導下，我選定一張椅子坐下來，突然出現一種過往曾經歷同樣情景的既視感。於是趕緊四下確認將海夾在中間的兩側山勢角度，以及左右兩邊的景致。啊！原來如此。這裡就是以前森肩二樓房的起居室位置；就是那間曾經陪伴我渡過寧靜夜晚的起居室所在地。

我感到目眩神迷，眼前天旋地轉，隨即閉上眼睛。

這是我的記憶嗎？還是這個地方、這座島本身的記憶？又或是地方的記憶、島的記憶喚醒我的意識後所衍生的結果？

總之我坐在這裡，而佑二的座位，沒錯，正是當時梶井君坐的位置。我剎那間分不清自己身在「何時」，茫然地注視著佑二。

「對了，剛才的木片是什麼？」

聽到問話，我才回歸現實。

「嗯。那是很貴重的文物，得好好保存才行。」

「究竟是什麼文物那麼貴重？」

「那村落據說是平家末裔的落難村，木簡算是物證之一吧。」

在他要求下，我一字一句慢慢說出梶井君一家的故事。一邊訴說，我油然回想起那位老母親手製蚊香的香味。

那是在京都習得的製香技藝，於山居歲月中轉換成製蚊香的智慧嗎？幾百年來為求餬口的汲汲營生，也如夢幻泡影般消失無蹤。

反覆傳來的浪潮聲，我的身體不自覺又隨之晃動起來。

「得好好保存就是了。對了，剛提到胎藏山麻煩大了。那裡的出土文物多到瞞不住了，搞得佛教美術專家要前來審查。」

「本來這座島就是修驗道開基的……」

說話的同時，我想起了從認識的美術評論家口中聽來的事。

據說在四國某個遼闊的田野上有一座沒有住持的寺廟，廟裡塞滿了幾十尊破損佛像。當地人謠傳那是明治維新廢佛毀釋動亂中，藥師堂所蒐集來各地躲過劫難的眾佛像。每座佛像盡皆嚴重磨損、手腳斷裂，不是少頭顱就是缺了臉，幾乎無法分辨其形象。然而或許是佛師的雕刻風格，抑或當地風土民情緣故，眾佛像儘管身處寒風冷冽的荒野中卻依舊呈現怡然自得的光輝。那樣的溫度和明亮深深感動眾生。

一想到此，我突然湧起想去見見島上破損佛像的念頭。雖然過往遊歷島上各地時，為佛像總感到沉痛，甚至因敬畏盡可能不想遇見。就算走訪「昔在今亡」的遺跡時，有佛像存在之處也是能不去就不去。

「我想去看看。」

「嗄？胎藏山嗎？唔，應該可以參訪。只不過目前正忙著整理乾淨讓專家們審查，審查結束後才能好好走訪。現在就算去了也只是一堆看不出所以然的出土文物吧。」

那就算了。聽我提起四國佛像的故事，佑二一臉興致勃勃連眼神都亮了起來。而後他閉上眼睛，僅嘴角上揚笑著說：

「真有意思！不是嗎？爸爸。」

「什麼？」

「我長這麼大從來沒和爸爸說過這麼久的話。」

「……是嗎。」

我不禁嘆了口氣閉上眼睛。感覺今天一整天都在嘆氣。

與所愛之人死別的傷痛始終烙印心中，可笑的是還反覆出現，如今竟成為唯一親近熟悉的支柱。

「五十年前爸爸來島上時，是抱著什麼樣的心情呢？印象中祖父母應該……」

「他們剛過世不久。」

「……您是懷著傷痛來到這裡的。」

「不只那樣。」

「咦？」

「我的未婚妻也死了。」

「什麼？」

我再次閉上眼睛。然後回答：

「自殺的。」又嘆了一口氣。

「為什麼？」

「不知道，我不知道。她爬上雪山後就沒有下來，心中似乎抱著凍死的覺悟。」

我很想認為死因和我們的訂婚無關。因為她的朋友們也聲稱她很滿意這門婚事。但我實在不懂，一個歡喜訂婚的人怎麼會選擇自殺呢？至少能確定的是：當她決意前往死亡之境時，我的存在無法成為挽留她活下來的力量。她的自殺讓我們全家蒙上一道可怕的陰影。人們覺得她寧可採取自殺那般極端的方法，也要否定我們即將建立的家庭。視她為女兒、親人般對待的我們，儘管家有病人倒也和樂融融。然而可能正因如此才讓未婚妻想不開，這樣的疑慮早在每人心中悄悄地刺出了破口。只是沒有人說出口。隨破口而生的無力感相當驚人，對於老父母而言，無論在精神還是身體上都已造成傷害。從她的來信中，我有時能感受到某種不安定的情緒，但並未看出她那解不開的心結。不對，是我不知道。當時我不知道、也沒想過人會那麼容易死去。站在她的立場則是就算被逼上絕路，也不願與我共同面對或分享痛苦。或許這才是讓我陷入絕望的原因。

其實很早以前就大致知道發生了什麼事……不對，是自以為知道明明不知道的事，花了很長的時間才明白自己也身陷因果之中，並且以為這就是自己的人生。

「爸爸。」

「嗯？」

「您應該受到很大的打擊吧。」

佑二發自內心表達同情。我沒想到會得到像佑二本身一樣明快的安慰。不知不覺間累積在身上的沉重負擔，突然減輕了。

「媽媽知道這件事嗎？」

「她只知道我未婚妻過世，但不知道是自殺。我想她不知道。」

「您應該告訴她。」

「這種事……」

視線從樹梢的綠葉移往海面。這時曾經看過的影像映入眼簾。

「佑二，你看！」

「那是什麼？啊，海市蜃樓？」

「沒錯，也有人稱做海幻。」

「這麼說來，有人提過這裡會出現海市蜃樓。問題是我哪有閒工夫盯著海面看。這可是我頭一次看到。什麼時候出現的？剛才似乎還沒有。」

沐浴在夏日紫外線反光刺眼、晃動不止的風景中，層層疊疊的白牆、依水平方向連成長方形影像，的確是山根先生口中「倏忽」現身沙漠中的「城堡」。

「真漂亮。」

佑二感動地沉吟了一聲，卻像是突如其來穿過我「心情」直刺內心深處的利箭。就算我對於這個「現象」看得興味十足，也沒想到以「漂亮」來形容。換句話說，這般「孩子的觀點」從未出現在我的生涯中。我不禁滿懷感慨地眺望著遠方的大海。

海幻，只有它確實一如往昔。我想放聲大哭祈求：可以的話，但願它「永遠不變」。我想起山根先生曾低喃的一句話：沒有比由此眺望海幻更讓家父感到高興的事了。

一陣風猛地吹起，紫外線的反光交相投射，海與山變得閃閃發亮。闊葉林樹梢的綠波浪，如此眩目，然一切皆幻影。幻影就在森羅萬象之中，森羅萬象因幻影而耀眼閃爍。這般觀看世界是最基本不過的認識，散發出藏於內在最深處的嶄新光芒，時至今日，我才意會到山根先生對於我提問「色即是空之後呢」一時的答案：經文上是空即是色。「之後」自然為空即是色。修行者們在洞窟、在斷崖、在瀑布等島上各地修行時不知沉吟多少次。色即是空，空即是色，這句充盈於島上的經文，為什麼我竟不明白如此理所當然的道理？

不，我知道的。我始終知道。包括我知道這件事，也在瞬間轉化為色即是空。在島上，周而復始地看見日夜煥然一新的世界，每一次都帶來驚喜，也讓人們得以重新認識。五十年前的一場旅行，讓我帶著論文之下的疑問來到該到達之地，無需透過文字，已然到達。因此關於這座島的論文，至少基於我個人切身的動機，也沒有迫切完成的必要……

「嗯，很漂亮。」

我猛力點頭。佑二像想起了什麼拉高音調說：

「您不覺得那很像方才看到的堡壘？」

「……是嗎……啊，對呢。」

的確，海幻看起來很像良信堡壘。

「對吧，很像。真有意思。您沒發覺嗎？那應該是實際存在的景色？只是以位置來說，不太可能是堡壘。到底是怎麼回事？我忘了海市蜃樓是怎麼產生的，應該是在別處存在類似形狀的事物？還是，就在這附近的建築物？」

「嗯，這究竟是怎麼回事呢？」

在異國他鄉，也有以石頭或磚頭堆砌而成的堡壘嗎？抑或良信堡壘就是將海幻化為現實的本體呢？海幻究竟映照出什麼時代？過去？現在？還是未來呢……

一陣風吹起，海與山同時泛起白色亮光。佑二瞇起眼睛，可能平日累積過多的疲勞，就此閉上眼睛靠向椅背，打起了瞌睡。

享受著初到此地時同樣的栩栩輕風，原本對即將逝去事物的哀悼，如同盯著燒杯內的化學變化，在心裡逐漸起了轉變。這樣的心路歷程並非頭一次。過去曾有多次經驗。

我想能活到年老是一種恩寵。年輕時流竄全身的淨是熱忱與感動，如今堆疊內心的只剩沉靜的感慨。此外也觀察到，年輕時並未意識到的激動徒留心底的痕跡，如今至少也能自覺並靜靜守護。

紫雲山過去神氣靈現的模樣，對比如今架設纜車的景致；曾經奇岩密布充滿神祕感的胎藏山，以至於如今遭胡亂墾伐失去莊嚴的慘狀，變化之大不可同日而語。我也因此重新認識到，時間這玩意並非快速而線性地流逝，而是具同等價值的過去與現在並列眼前，予人慢慢玩味。所謂喪失，即是沉積在我心中的時間逐漸積累增加。

一如立體模型圖，我的遲島在時間陰影的重疊下，於我心中成了全新的存在。令人驚訝的是，喪失也因此浮現真實的輪廓，同時迸出鱗光。

「寬子回來後，我要帶她來這裡。」

應該是我自言自語吵到了佑二，他眼睛閉著回應：

「很好啊。到時我也一起來，順便也問哥哥一聲。」

「你還是稍微休息一下吧。」

「我就是在休息啊。龍目池的溫泉真是不錯，對皮膚病尤其富有功效。我家小孩皮膚會過敏，剛好可以泡……反正全家人都喜歡溫泉。還是說爸爸希望夫妻兩人獨處不要外人打擾呢？偶爾也該那麼做才對嘛。」

說到一半他微微睜開眼睛瞥向我苦笑。他這番話讓我腦海中浮現出半世紀前龍目池那個月夜的光景。

「從前有一對待人和善的老爺爺和老婆婆，經常撐著盆舟去洗溫泉……」

越過長長的幻境。

越過的天涯是沒有名字的地方。

參考文獻

《離島の人文地理——鹿児島県甑島学術調査報告》藤岡謙二郎編、大明堂、一九六四年
《九州の民家——有形文化の系譜(上)常民文化叢書10》小野重朗、慶友社、一九八二年
〈熊本県南部のカギイエの二類型〉小野重朗(《建築界》一四号、一九六五年)
〈九州地方の民家研究展望〉杉本尚次(《国立民族学博物館研究報告》二巻一号、一九七七年)

〈九州山地の民家――椎葉・米良地域を中心に〉杉本尚次（《国立民族学博物館研究報告》四巻一号、一九七九年）
《日本の町並み調査報告書集成 第十六巻 九州・沖縄の町並み2》日南市・日向市教育委員会・椎葉村教育委員会編、東洋書林、二〇〇五年
〈九州地方の文化財及び民家――南西諸島をふくむ〉太田静六・野村孝文今《建築雑誌》七六巻九〇三号、一九六一年）
《修験者と地域社会―新潟県南魚沼の修験道》宮家準編、名著出版、一九八一年
《さつま山伏――山と湖の民俗と歴史》森田清美、春苑堂出版、一九九六年
〈修験道と廃仏毀釈〉村岡空（《藝術新潮》二四巻三号、一九七三年）
〈「吹きだまり」の仏たち〉丸山尚一（《藝術新潮》二四巻三号、一九七三年）

《神と仏――民俗宗教の諸相日本民俗文化大系4》宮田登ほか、小学館、一九八三年
《近世日向の仏師たち――宮崎の修験文化の一側面》前田博仁、鉱脈社、二〇〇九年
《神々の明治維新――神仏分離と廃仏毀釈》安丸良夫、岩波書店、一九七九年
《廃仏毀釈百年――虐げられつづけた仏たち》佐伯恵達、鉱脈社、二〇〇三年
《鹿児島藩の廃仏毀釈》名越護、南方新社、二〇一一年
《南九州の伝統文化1 祭礼と芸能、歴史》下野敏見、南方新社、二〇〇五年
《南九州の伝統文化2 民具と民俗、研究》下野敏見、南方新社、二〇〇五年
《南日本の地名》小川亥三郎、第一書房、一九九七年

《ダナンドン信仰――薩摩修験と隠れ念仏の地域民俗学的研究》森田清美、岩田書院、二〇〇一年
《霊仙三蔵と幻の霊山寺》さんどう会編、サンライズ出版、二〇〇一年
《日本列島の野生生物と人》池谷和信編、世界思想社、二〇一〇年
《昭和六二・六三年度 九州山地カモシカ特別調査報告》熊本県・大分県・宮崎県教育委員会編、一九八九年
《九州山地に生きる》朝日新聞西部本社編、葦書房、一九九四年
《八重山生活誌》宮城文、沖縄タイムス社、一九八二年
《鹿児島の湊と薩南諸島》松下志朗・下野敏見編、吉川弘文館、二〇〇二年

解說

時間之海上，幻才是真

廖偉棠

閱讀梨木香步的《海幻》之前，我想先邀請你讀一首扎加耶夫斯基（Adam Zagajewski）的詩〈沉默的城市〉（李以亮譯）

想像一座黑暗的城市。
它什麼也不理解。沉默統治著。
寂靜中蝙蝠彷彿伊奧尼亞派哲學家
在飛行途中做出突然、重大的決定，

令我們無比欽佩。
沉默的城市。裹在雲裡。
一切還不為人知。不。
鋒利的閃電撕開夜空。
教士，天主教與東正教的教士都一樣，跑去
掩上深藍色的天鵝絨窗簾，
而我們走出屋子
傾聽黎明
和雨水的沙沙聲。黎明總會告訴我們一些什麼，
總會。

這首詩不謀而合地包含了《海幻》的三個因素：幻獸、蜃樓和修行者。

但最關鍵的是沉默二字。梨木香步這部新小說，把她一貫隱忍幽微的書寫風格發揮到極致，她極其樸素以表面上的現實主義講著理應光怪陸離的魔幻故事。年輕的人文地理學者秋野在「遲島」上遭遇各種傳說，傳說中的人、物擁有各種波赫士式的命名。但每一次幻獸出現，都會在隨後的文本隱沒下去，非常吊癮，漸漸你懂得，她是化神祕於無形。

詩中「沉默的城市」，可以是秋野踏足的遲島遺址、可以是遺址殘存的平家物語後裔、可以是神祕人山根先生給他指看的「海幻」海市蜃樓，也可以是秋野心中那一堆苦痛堆砌的往事堡壘，甚至可以是每一個讀者都會在心中封存的那座城市。

那座城，在小說結尾，五十年後的秋野意外發現的遲島殘簡上，被命名為「吾都」——「那塊地開墾之初時，就是吾都。吾都意味著我的故都。雖然依舊懷念被拋下的故土，卻還是決定斬斷思念之情，將此地改稱為自己的故都。取名吾都，是否有此深意？日後隨時代更迭，ato 音轉為 hato……每一次喊波音（hato）等同喊著吾都（ato），波音二字也恰恰象徵著他們一路辛苦走來的波濤洶湧……」

我讀到這一段的時候，就像老人秋野一樣「背部像竄過電流」——我不禁想起了「我城」，「我城」是香港作家西西對香港的命名，恰如「吾都」的對應。假如我城覆亡，千百年後，也會有一個秋野這樣的人撿拾我們的殘簡，念我等香港人的悲傷嗎……

我們還是回到故事的開始，才能理解秋野何以對海幻一般的世事低迴留戀不已。故事起始於一九三六年。尚未捲入戰火的日本本土，年輕的秋野自述：「但願能迎風佇立在那些地名的景致之中；想身處於經歷過某種決定性過程的靜默光景之中。如此一來，也許多少能夠領會人類的汲汲營生和時間的本質。我前年才失去了未婚妻，去年父母亦相繼離世。」

這一段宛如能劇主角亮相的身世獨白，沉痛地為小說定下基調，也埋下懸念。梨木香步高度克制，講述了半本遲島探索故事之後，回到秋野心中最深的愛情故事。前半本介乎人文地理考察、人類學或者聚落研究的部分，有著田野調查筆記的親臨感，但因為是小說，就更帶有混淆現實與虛構的魅力。梨木香步擅於不動聲色地運用故事套盒的技巧，在秋野得知的那些貌似口耳相傳的民間傳說中，帶我們進入他內心的深處。

比如說其中最哀婉的惠仁岩傳說，起碼有三重指涉。傳說本身是在此島修行的惠仁和尚與愛人雪蓮的悲戀，指涉了尾生抱柱的殉情母題，繼而暗示了秋野對自殺的未婚妻的悔疚與殉死的潛意識，背後又帶出屬於梨木香步作為作家一貫對歷史裡的微物之神的憑弔意識。

更有意思的、更重要的是始終如幽靈一般沒有真正出現的「物耳師」（類似陰陽師的物哀通靈人）傳說，在秋野和梶井的探險之旅走進「耳鳥洞窟」的時候達到高潮：

「全身就像長滿耳朵似的，周遭動靜全集中到身上，就像要被吸附過去一般。下一個瞬間，好像聽見有人爬過地底發出聲響。不禁睜開眼睛，緊盯山洞深處，泛起無來由的恐懼。」——其實在那一瞬間，秋野和我們都成為了「物耳師」，這個詩人一般的已消失行業，有助於我們與自己的罪咎和解。作為平家末裔的梶井，想弔唁所有死去族人的強烈悲痛更加需要這樣的傾聽。

「然而，當時那彷彿游走在生死之境的聲音，會不會只是我的呻吟呢？還是再往裡走，原本耳聰目明之人將陷入什麼都看不見、聽不到，也摸不清自身輪廓的原始感官，連自己和他人都難以區分時，才會發出那種聲音？若有心，一路走下去是否能抵達那最深處的黑暗？」秋野或者梨木香步，給出這的疑問，實際上那就是答案本身。

小說在這裡開始出現第一次斬釘截鐵的閃回，秋野在黑暗中彷彿穿越時空，回到與尚未成為未婚妻的女孩作伴回家的少年時代。「我和走在前面幾公尺的她之間，存在某種純度極高的透明物質。那是旁人無法介入的空間。某種銳利到一碰就會割傷、傳導率極高的媒介。那是只屬於我倆的空間。」從洞穴與歷史的黑暗走進內心隱藏的黑暗。那段未婚往事充滿了客語所謂「臨暗」的況味，而不是日語裡的「逢魔時刻」，因為在梨木香步的世界裡，魔幻不會這麼輕易張揚，她臣服於更大的魔幻：時間。

因此她需要近乎澈底的克制與默然。默然帶來覺悟，就像日本人把聖經啟示錄譯作「默示錄」一樣，「梶井君說：『感覺像有人會突然走出來。』『真的是。』我如此回應的同時真心覺得：該不會我倆正走在亡者的世界？還是說打從一開始同行已然如此？『一旦爬上紫雲山就看不到紫雲山了。走在山麓時，看見突然現身的紫雲山，感覺也很不錯。』」其實這也是寫作的隱喻，尤其是梨木香步美學的象徵。

小說在後半段峰迴路轉，竟然跨到五十年後，也是筆力所見。重歸遲島的秋野眼中，再見到的一切都成為物耳師所面對的深度真實。比如說吃飛魚生魚片，兒子說「剖開切片時，因為長翅膀的地方很硬得切掉，這就是切除掉的痕跡。」秋野沒有開口糾正「那不是翅膀而是胸鰭」，只說「那是胸口的傷」。一下子就流露出他依然沉溺在往事傷痛中。

他也懷疑山根一家就是幻影，也想像了戰時死於南洋小島的梶井所懷抱的平家末裔的孤愁。當他重臨幾乎被兒子的開發公司清拆的良信和尚建築的「堡壘」時，他突然明悟「堡壘」的深義——「海幻，只有它確實一如往昔。我想放聲大哭祈求：可以的話，但願它『永遠不變』。」海幻看起來很像良信堡壘，或者相反也成立。幻者變也，怎麼可能永遠不變？把它用堡壘的形式固定下來，只是反襯了人面對「業」的虛妄而已。

黎明總會告訴我們一些什麼，

總會。

「所謂喪失，即是沉積在我心中的時間逐漸積累增加。一如立體模型圖，我的遲島在時間陰影的重疊下，於我心中成了全新的存在。」遲島的遲字，在古文中有天色將明，又有休息的意思。秋野是這樣和那場改變他一生的死亡事件和解的，而尚未走進耳鳥洞尚未目睹海幻的我們呀，仍然在修築虛幻的堡壘嗎。

（本文作者為詩人、作家）

木曜文庫 010

海幻
海うそ

作者	梨木香步
譯者	張秋明
社長	陳蕙慧
總編輯	戴偉傑
責任編輯	周奕君・戴偉傑
行銷企畫	陳雅雯・汪佳穎
封面插畫	高山裕子
封面設計	兒日設計
內頁排版	宸遠彩藝

讀書共和國集團社長	郭重興
發行人	曾大福
出版	木馬文化事業股份有限公司
發行	遠足文化事業股份有限公司
地址	231 新北市新店區民權路 108 之 4 號 8 樓
電話	02-2218-1417
傳真	02-8667-1065
Email	service@bookrep.com.tw
郵撥帳號	19588272 木馬文化事業股份有限公司
客服專線	0800-221-029
法律顧問	華洋國際專利商標事務所　蘇文生律師
印刷	前進彩藝有限公司

初版一刷	2022 年 6 月
初版三刷	2023 年 1 月
定價	360 元

ISBN：9786263141995（紙本）
9786263142015（EPUB）9786263142008（PDF）

UMIUSO
by Kaho Nashiki

Originally published in 2018 by Iwanami Shoten, Publishers, Tokyo.
This Complex Chinese edition published 2022
by Ecus Publishing House, New Taipei
by arrangement with Iwanami Shoten, Publishers, Tokyo

國家圖書館出版品預行編目

海幻 / 梨木香步著 ; 張秋明譯 . -- 初版 . -- 新北市 : 木馬文化事業股份有限公司出版 : 遠足文化事業股份有限公司發行 , 2022.06
272 面 ; 14.8×21 公分 (木曜文庫)
譯自 : 海うそ
ISBN 978-626-314-199-5（平裝）

861.57 111007126